# EL GRAN DIOS PAN

## (1890)

# CALAMBUR

2025

# EL GRAN DIOS PAN

## (1890)

## Arthur Machen

## Edición bilingüe

*Título original:* The Great God Pan

*Primera edición en Calambur:* abril de 2025

© *de la presente edición:* CALAMBUR EDITORIAL S.L.
c/ POBLA DE LILLET, 4. LOCAL 1. 08028 BARCELONA
TEL.: (+34) 931 708 326

calambur@calambureditorial.com • www.calambureditorial.com
calambureditorial.blogspot.com • facebook.com/CalamburEditorial •
@EdCalambur

*Director literario:* LLUIS CLARET
*Traducción:* LLUIS CLARET
*Edición y corrección:* EVA SANTANA
*Diseño y maquetación:* TANIA LÓPEZ
*Arte final:* SOFÍA CABRERA

*ISBN:* 978-84-8359-120-8
*Depósito legal:* B-6608-2025

*El gran dios Pan* se acabó de imprimir
en abril de 2025.

Impreso en España

# ÍNDICE

# INTRODUCCIÓN

*El gran dios Pan* es una novela de Arthur Machen que relata la historia de Clarke, quien presencia un singular experimento en el que su conocido, el doctor Raymond, utiliza a una joven para explorar la faceta oculta de la realidad. Tras este suceso, Clarke se embarca en la investigación de la relación entre diversas muertes ocurridas en circunstancias insólitas durante la Inglaterra victoriana.

Cuando se publicó en 1894, la prensa tachó la obra de degenerada y repulsiva, criticando su estilo decadente y su contenido sexual; no obstante, el libro llegó a ser considerado un clásico del género del horror. Al igual que otras narraciones de la época, se inspira en el dios griego Pan, emblema del poder de la naturaleza y del paganismo. Sin embargo, Juan Ramón Vélez, en el artículo "El Dios Pan en la literatura de entre siglos", sostiene que esta divinidad se presenta como el reflejo de "fuerzas naturales desatadas y destructivas, ante las que el hombre debe resguardarse para no exponerse a la ruina mental o física (o ambas)".

Probablemente, el título se inspiró en el poema "A musical Instrument", publicado en 1862 por Elizabeth Barrett Browning, en el que la última línea de cada estrofa concluye justamente con "the great god Pan". Una definición más concreta del tipo de terror que impregna la novela es que éste "debe habitar en el secreto lugar de la vida, manifestado en carne humana."

# PERSONAJES

**Dr. Raymond:** Hombre de mediana edad, delgado y demacrado, que ha dedicado varios años a la medicina trascendental.

**Clarke:** Empresario serio, fascinado por lo esotérico y por aquello que escapa a la percepción ordinaria de la naturaleza humana; gran aficionado a la lectura.

**Mary:** Joven hermosa de diecisiete años, partícipe del experimento realizado por el doctor Raymond, y objeto de admiración por parte de los hombres.

**Dr. Phillips:** Amigo de Clarke y autor del libro Memorias para probar la existencia del diablo.

**Helen V.:** Niña de doce años, cuya singularidad se aparta de la norma del pueblo; se caracteriza por su tez clara y rasgos definidos, y siente fascinación por pasear por el bosque.

**Trevor W.:** Niño de aproximadamente siete años, víctima de Helen V., que queda marcado por un shock repentino y extrañas secuelas nerviosas.

**Rachel M.:** Amiga de Helen V., un año menor que ella e hija de un granjero; siempre acompañaba a Helen en sus salidas al bosque, donde acaba convirtiéndose en su víctima.

**Villiers:** Ciudadano ordenado, distinguido y lustroso, antiguo amigo de Herbert.

**Charles Herbert:** Hombre arruinado en cuerpo y alma, mal vestido y ex heredero con tierras en Dorset y gran fortuna.

**Helen Vaughan o señora Herbert:** Mujer de inusual y enigmática belleza, de aproximadamente diecinueve años al conocer a su esposo; huérfana, hija de padre inglés y madre italiana, cuya repentina desaparición deja a Herbert en la ruina.

**Austin:** Famoso por su amplio conocimiento sobre la vida londinense y amigo de Villiers.

**Señorita Beaumont:** Mujer adinerada y de gran belleza.

**Arthur Meyrick:** Pintor y amigo de Austin.

**Charles Aubernon o Lord Argentine:** Hombre de unos treinta años, respetado y conocido en Londres; pasó de la pobreza a la opulencia tras la muerte de su padre, y es reconocido tanto por su ética de trabajo como por su jovialidad.

# REFERENCIAS MITOLÓGICAS

Pan, también conocido como Fauno en la mitología romana, es una divinidad de origen griego que habita en la Arcadia y se identifica como el dios de los pastores y rebaños. Con frecuencia se le representa como una criatura mitad humana y mitad cabra, con rostro barbado, mentón prominente, dos cuernos, cuerpo velludo, miembros inferiores de macho cabrío y pezuñas. Su extraordinaria agilidad y astucia se consideran herencia de su padre, Hermes. Suele residir en bosques cercanos a corrientes de agua, generalmente acompañado de ninfas con las que mantuvo numerosos encuentros amorosos, siendo Eco uno de los ejemplos más célebres.

Hijo de Hermes y la ninfa Dríope, se dice que su madre, horrorizada por su aspecto al nacer, lo abandonó; compadecido, Hermes lo acogió y lo llevó al Olimpo, donde fue presentado a los dioses y recibió el nombre de Pan (en griego παν, que significa "todos"), aludiendo a la inmensa alegría que inspiró entre ellos. Dioniso, en particular, se deleitó con su presencia, integrándose en su séquito de sátiros, de allí que se le atribuya un carácter lascivo y juguetón, así como una intensa actividad sexual. La etimología de su nombre ha sido utilizada por mitólogos y filósofos para referirse a él como la encarnación del Todo o del Universo.

Otra de las facultades de Pan es su capacidad para infundir pánico en los seres vivos. La palabra "pánico" deriva del latín panicus y del griego panikós (Πανικός), que denota un terror extremo, a menudo colectivo y contagioso, atribuido a la influencia de este dios. Además, debido a su vinculación con el mundo rural, se le atribuye la responsabilidad de provocar estampidas en el ganado, simbolizando así la fuerza violenta e incontrolable de la naturaleza. Junto a Hermes y Dioniso, se consagra a Pan como uno de los emblemas del mundo sobrenatural.

En la obra de Machen, la característica primordial de este dios es su capacidad para infundir pánico en sus víctimas, hasta el punto de que estas pierden la vida tras "ver a Pan". Esta expresión se fundamenta en la idea de que no somos capaces de percibir la realidad en su totalidad, y "ver al dios Pan" supone atisbar aquello que permanece oculto para nuestros sentidos. Dado que Pan se relaciona con el mundo sobrenatural, en el contexto de la visión cristiana en la que se ambienta la obra, verlo equivale a encontrarse frente al Anticristo.

El personaje de Helen ha dado lugar a interpretaciones que sugieren una representación de Helena de Troya. Además de compartir el mismo nombre, Helen es mostrada como una especie de Anticristo o causante del mal al haber contemplado a Pan, de manera similar a como Helena de Troya es considerada responsable de desencadenar la guerra tras su unión con Paris. Dependiendo de la versión del mito, se dice que fue raptada por Paris o que fue ella misma quien abandonó a su esposo para unirse a él. En la novela se narra que Helen desaparece de la noche a la mañana, dejando a su esposo Herbert en una búsqueda infructuosa; un eco de la repentina desaparición de Helena en la mitología.

Asimismo, la obra hace alusión al "Laberinto de Dédalo". Según el mito, Pasífae, esposa del rey Minos de Creta, concibió un hijo con un toro enviado por Poseidón. Esta criatura, con cuerpo humano y cabeza de toro, es conocida como el Minotauro. Avergonzado y repulsado por la bestia que su esposa había dado a luz, Minos encargó a Dédalo la construcción de un "palacio", el Laberinto de Creta, diseñado para ocultar y contener al Minotauro con pasillos y salas tan enrevesadas que sólo el propio Dédalo podría encontrar la salida. El Minotauro fue encerrado allí, y cada año se le ofrecían siete jóvenes varones y siete doncellas para que se alimentara. Teseo se ofreció como tributo, y gracias a la ayuda de Ariadna y el hilo que ella le proveyó, logró matar al Minotauro y escapar del laberinto.

El nombre de la obra proviene de un pasaje de las Obras Morales y de Costumbres (Moralia) de Plutarco, concretamente del ensayo "Cómo percibir los propios progresos en la virtud". En él se relata la historia de un marinero que, durante su travesía, escuchó una voz que le ordenaba, al arribar a tierra, anunciar que "el gran dios Pan había muerto". La intención de Plutarco era evidenciar la imprecisión de los oráculos y la decadencia de las leyendas griegas. Así, la "muerte de Pan" se ha interpretado también como el ocaso de la profecía helénica, frecuentemente predicha por el dios Apolo. Desde la óptica cristiana, este fragmento ha sido reinterpretado para anunciar el fin del paganismo y el inicio del cristianismo, convirtiendo la muerte de Pan en símbolo de la desaparición de Cristo y el surgimiento de una nueva era de pensamiento que sustituirá al antiguo paganismo.

# INFLUENCIAS LITERARIAS

Machen se inspiró en el poema "A musical Instrument" de Elizabeth Barrett Browning para forjar su obra. En este poema se narra el mito de Siringe, en el que Pan se enamora de la ninfa y la persigue. Siringe trata de huir y ruega a los dioses que la liberen de su acérrimo perseguidor; los dioses acceden transformándola en cáñamo, de modo que Pan no pueda alcanzarla. Entretanto, éste corta las ramas de cáñamo y las utiliza para crear un instrumento musical: la siringa o flauta de Pan.

En el poema "A Nympholet" de Algernon Charles Swinburne también se recoge la esencia de Pan al estilo de la obra de Machen. En él, Pan aparece como un ser salvaje, habitante de bosques y campos cuya finalidad es infundir terror en las personas. Se le describe como una criatura desbordada de fuerza y frenesí, reflejo de la indómita energía presente en la naturaleza, hasta el punto que sus rugidos se comparan con los fieros sonidos que emanan del entorno natural.

El poema "The Dead Pan", igualmente de Elizabeth Barrett Browning, se vincula con el mito de Plutarco y ofrece una perspectiva anti-clasicista del paganismo desde un punto de vista cristiano. A lo largo del poema se dedica una estrofa a cada dios, afirmando que "han muerto". La idea principal es abogar por el abandono del paganismo y la adopción del cristianismo como camino para avanzar, insistiendo en que la inspiración divina es suficiente para crear, sin la necesidad de contar con las Musas. Incluso en la estrofa final se declara que las historias transmitidas por los poetas clásicos son falsas, y que sólo Dios representa la verdad.

Por último, *Frankenstein o El moderno Prometeo* de Mary Shelley también sirvió de inspiración para El gran dios Pan. Ambas obras exploran la temática del conocimiento y la responsabilidad que conlleva alterar la naturaleza. Así, tanto Víctor Frankenstein como el doctor Raymond anhelan comprender qué sucede al intervenir en el orden natural: en el primer caso, a través de la creación de vida, y en el segundo, mediante la manipulación del cerebro para acceder al mundo sobrenatural. En la novela de Machen, el doctor Raymond realiza una incisión en el cerebro de Mary, sin detallar cómo podría reproducirse ese procedimiento. Este aire de ocultismo es similar al de Mary Shelley, quien revela que Frankenstein se abstiene de compartir su trabajo por temor a que pueda ser replicado. Aunque ambos personajes se presentan como una forma de protegerse del mundo científico egocéntrico que roba mérito a otros, es evidente que actúan por puro narcisismo; son el arquetipo del científico excéntrico del siglo XVIII, que se niega a la colaboración externa por anhelo de reconocimiento absoluto. Tanto Frankenstein como Raymond encarnan la cara más oscura del progreso científico, en el que los experimentos se realizan no por el bien común, sino por vanidad.

# EL GRAN DIOS PAN

(1890)

# I. EL EXPERIMENTO

—Me alegra que hayas venido, Clarke, sinceramente; estoy realmente contento. No estaba seguro de que pudieras hacer un espacio en tu agenda.

—Conseguí arreglar mis asuntos por unos días; ahora mismo las cosas están bastante tranquilas. Pero dime, Raymond, ¿no tienes ninguna duda? ¿Es absolutamente seguro?

Ambos hombres caminaban despacio por la terraza frente a la casa del doctor Raymond. El sol del este aún colgaba sobre la cordillera, emitiendo un tenue resplandor rojizo sin proyectar sombras, y el aire se mostraba en calma; una suave brisa procedente del bosque en la ladera, en lo alto de la colina, traía consigo, de vez en cuando, el murmullo apacible de las palomas silvestres. Abajo, en el extenso y hermoso valle, el río se deslizaba serpenteando entre solitarias colinas y, mientras el sol se desplazaba hacia el oeste, una ligera bruma, de un blanco inmaculado, empezaba a emerger desde las montañas. El doctor Raymond se detuvo y se volvió solemne hacia su amigo:

—¿Seguro? Claro que lo es. La operación es, en esencia, una intervención simple que cualquier cirujano podría realizar.

—¿Y no hay ningún peligro en alguna otra fase?

—Ninguno; absolutamente ningún riesgo físico. Te doy mi palabra. Siempre has sido tan cauteloso, Clarke, pero tú conoces mi trayectoria. Llevo veinte años dedicado a la medicina trascendental. Me han llamado farsante, charlatán, impostor, pero siempre supe que estaba en el camino correcto. Hace cinco años alcancé la meta, y desde entonces cada día lo he dedicado a prepararme para lo que haremos esta noche.

—Me gustaría creer que todo eso es verdad —dijo Clarke, frunciendo el ceño y mirándolo con escepticismo–. ¿Estás totalmente seguro, Raymond, de que tu teoría no es una ilusión aunque, lo admito, una ilusión espléndida, pero aun así, una mera ilusión?

El doctor Raymond detuvo su andar y se volvió con brusquedad. Era un hombre de mediana edad, enclenque y delgado, de tez pálida y amarillenta; sin embargo, mientras respondía y enfrentaba a Clarke, un rubor surgió en sus mejillas.

—Observa a tu alrededor, Clarke. Mira las montañas, las colinas que se suceden una tras otra, los bosques y huertos, los campos maduros de maíz y las llanuras que se extienden hasta los lechos de caña junto al río. Puedes verme aquí a tu lado y oír mi voz; pero te aseguro que todas estas cosas —desde la estrella que acaba de brillar en el cielo hasta el suelo firme bajo tus pies— son nada más que sueños y sombras; sombras que ocultan ante nuestros ojos el verdadero mundo. Existe un mundo real, pero trasciende este esplendor y visión, y se halla más allá, detrás de un velo. No sé si algún ser humano ha logrado jamás levantar ese velo; no obstante, Clarke, sé que tú y yo lo veremos alejarse esta noche, reflejado en los ojos de otra persona. Tal vez pienses que todo esto resulta un sinsentido extravagante; podría parecer extraño, pero es real, y los antiguos sabían lo que implicaba descubrir lo que oculta ese velo. Presenciar al dios Pan, lo llamaban.

Clarke se estremeció; la bruma blanca que se congregaba sobre el río estaba helada.

—Esto es realmente asombroso —dijo—. Estamos a punto de pisar un mundo extraño, si es verdad lo que dices, Raymond. ¿Debo entender que el cuchillo es absolutamente necesario?

—Sí. Tan solo se requiere una pequeña incisión en la materia gris; un reordenamiento insignificante de algunas células, una alteración microscópica que pasaría desapercibida para noventa y nueve de cada cien expertos. Clarke, no quiero agobiarte con detalles de mi oficio; podría desgranar innumerables datos técnicos que sonarían imponentes, pero acabarías tan desconcertado como ahora. Sin embargo, supongo que habrás leído, en alguna recóndita sección del periódico, acerca de los enormes avances que se han logrado recientemente en la fisiología cerebral. El otro día, leí un párrafo de la teoría de Digby y otro de los descubrimientos de Browne Feber. ¡Teorías y descubrimientos! Mientras ellos están apenas dando sus primeros pasos, yo recorrí ese camino hace quince años, y no tienes idea de cuánto he trabajado en este tiempo. Basta decirte que, hace cinco años, logré el descubrimiento al que aludí cuando mencioné que desde hace una década había alcanzado mi meta. Tras años de ardua labor, de esfuerzo constante y de tanteos en la oscuridad, de jornadas y noches repletas de desilusiones y, en ocasiones, de desesperación, en las que en más de una ocasión temblé y me helé al pensar que otros también buscaban lo que yo perseguía, al fin una punzada de alegría recorrió mi alma y comprendí que el largo camino había concluido. Por lo que parecía, y aún parece, obra del destino, impulsado por un fugaz pensamiento surgido entre las sendas conocidas por las que había transitado cientos de veces, la verdad me inundó, y pude vislumbrar, delineado en una visión, un mundo completo, una esfera desconocida; islas, continentes y vastos océanos en los que, según creo, ningún barco ha navegado desde que el hombre levantó la vista por primera vez hacia el sol, las estrellas y la serena tierra. Podrías pensar que esto es solo un discurso alegórico, Clarke, pero a veces lo literal resulta tan complejo. Y, sin embargo, no sé si lo que insinúo no podría expresarse de forma sencilla y aislada. Por ejemplo, nuestro mundo actual está enteramente conectado por cables y alambres telegráficos; atravesando, a una velocidad menor que la del pensamiento, del amanecer al atardecer, de norte a sur, pasando por inundaciones y desiertos. Imagina que un electricista de hoy se diera cuenta de que él y sus colegas han estado jugando con guijarros, confundiéndolos con los cimientos del mundo, imagina que alguien como él percibiera el infinito espacio extendiéndose ante sus ojos, y las voces de los hombres viajando a la velocidad de un trueno hacia el sol y más allá, hacia sistemas lejanos, y el eco articulado de sus palabras resonando en el vasto vacío que limita nuestro entendimiento. En cuanto a analogías, ésta es una de las mejores para explicar lo que he logrado;

quizás ahora comprendas un poco de lo que sentí aquella tarde, una tarde de verano como esta, con el valle luciendo tal como lo ves. Me encontré allí y, ante mí, distinguí el abismo innombrable que separa dos mundos: el mundo de la materia y el mundo del espíritu; vi ese vacío inmenso extenderse lentamente, y en ese instante, un puente de luz saltó de la tierra hacia la orilla desconocida, uniendo ambos abismos. Puedes consultar el libro de Browne Faber, si lo deseas, y notarás que hasta hoy los hombres de ciencia son incapaces de explicar o determinar las funciones de cierto grupo de neuronas en el cerebro. Aquellas células, desde siempre, han sido un territorio inexplorado, simplemente un espacio destinado a teorías imaginativas. Yo no me posiciono al nivel de Browne Faber ni de los especialistas; sé con certeza cuáles pueden ser las funciones de dichos centros nerviosos en el esquema general. Con un toque puedo activarlos, liberando la corriente, con un toque puedo completar la comunicación entre este mundo de los sentidos y... en otro momento terminaré la oración. Sí, el cuchillo es esencial; pero imagina lo que logrará. Derribará la sólida muralla de los sentidos y, probablemente, por primera vez desde los albores de la humanidad, un espíritu podrá contemplar un mundo de espíritus. Clarke, ¡Mary presenciará al dios Pan!

—¿Pero recuerdas lo que me escribiste? Pensé que era un requisito que ella... —susurró Clarke al oído del doctor.

—No, en absoluto. Son tonterías, te lo aseguro. De hecho, es mejor dejarlo tal como está; estoy completamente convencido de ello.

—Reflexiona bien sobre este asunto, Raymond. Es una gran responsabilidad. Algo podría salir mal; serías un hombre desgraciado para el resto de tus días.

—No lo creo, incluso si ocurriera lo peor. Como sabes, salvé a Mary de la cuneta y de una muerte casi segura cuando era niña; considero que su vida me pertenece para usarla como estime conveniente. Vamos, se hace tarde; es preferible que entremos.

El doctor Raymond tomó la iniciativa y se dirigió hacia la casa, atravesando el vestíbulo y descendiendo por un largo y oscuro corredor. Sacó una llave de su bolsillo, abrió una pesada puerta y le indicó a Clarke la entrada a su laboratorio. Este había sido en otro tiempo una sala de billar, iluminada por una cúpula de vidrio en el centro del techo, desde donde aún se concentraba una tenue luz grisácea que caía sobre la figura del doctor mientras encendía una lámpara de pantalla gruesa y la colocaba sobre una mesa en el centro de la estancia. Clarke observó el lugar. Apenas quedaba un pie de pared expuesto; estantes repletos de botellas y frascos de diversas formas y colores cubrían casi todo, y en un extremo se alzaba un pequeño librero estilo Chippendale. Raymond señaló:

—¿Ves aquel pergamino de Osward Crollius? Él fue uno de los primeros en mostrarme el camino, aunque sospecho que él mismo jamás lo halló. Este es un dicho peculiar suyo: "En cada grano de trigo se esconde el alma de una estrella."

No había muchos muebles en el laboratorio: una mesa central, una losa de piedra con desagüe en una esquina y dos butacas ocupadas por Raymond y Clarke; además de estos, se encontraba una enigmática silla en el extremo opuesto de la sala. Clarke la observó mientras sus cejas se elevaban, y fue Raymond quien comentó:

—Sí, esa es la silla.

Sin perder tiempo, se levantó y la empujó hacia la luz. Empezó a manipularla: la elevaba y bajaba, colocaba el asiento en posición baja, ajustaba el respaldo en distintos ángulos y regulaba la pisadera. La silla parecía inusualmente cómoda y, mientras el doctor jugaba con las palancas, Clarke pasó suavemente su mano por el terciopelo verde que la cubría.

—Clarke, ponte cómodo —dijo Raymond—. Tengo un par de horas de trabajo; me vi obligado a dejar algunos temas para el último momento.

Raymond se dirigió a la losa de piedra, y Clarke lo observó melancólicamente mientras se inclinaba sobre una fila de pequeños frascos y encendía la llama bajo el crisol. El doctor contaba con una pequeña lámpara de mano cuyo halo sombrío contrastaba con uno más imponente, situada en una saliente junto a sus instrumentos. Desde su rincón en sombra, Clarke examinó la gran sala en penumbra, asombrándose ante los grotescos efectos generados por el enfrentamiento entre la luz brillante y una oscuridad indefinida. Pronto, un olor inusual comenzó a impregnar la habitación. Al principio era solo una vaga sugerencia, pero a medida que se intensificaba, Clarke se sorprendió de que no evocase el ambiente de una farmacia o de algún pabellón. Se encontró esforzándose en vano por analizar aquella fragancia, y casi sin darse cuenta, su mente volvió a un día de hace quince años, cuando vagaba entre los bosques y praderas cerca de su hogar. Fue un caluroso día de principios de agosto; el calor había difuminado los contornos de todo con una leve bruma, y aquellos que consultaban el termómetro hablaban de un registro inusual, casi tropical. De manera extraña, aquella jornada resurgió en la imaginación de Clarke: la luz del sol lo embargaba, disipando las sombras y luces del laboratorio, mientras el aire caliente se arremolinaba a su alrededor, el resplandor se levantaba entre la multitud y los murmullos del verano parecían multiplicarse.

—Espero que el olor no te incomode, Clarke; no hay nada dañino en él. Solo tiende a ponerte un poco soñoliento, nada más.

Clarke escuchó claramente las palabras de Raymond, consciente de que estaban dirigidas a él, pero le era imposible liberarse de ese letargo. Solo podía pensar en aquella solitaria caminata de quince años atrás, la última imagen de los campos y bosques de su niñez, ahora revivida ante él en un destello nítido, casi fotográfico. Por encima de todo, su olfato captó el inconfundible aroma del verano: una mezcla embriagadora de flores, bosques y praderas templadas, perfumadas por el calor del sol, acompañadas del perfume de la tierra fértil que parecía abrir sus brazos y sonreírle. Sus fantásticas remembranzas lo llevaron a vagar, como en aquellos días de antaño, desde los campos hacia el bosque, siguiendo un pequeño sendero entre la brillante maleza de las hayas, mientras el goteo de agua desde la piedra caliza entonaba una melodía de ensueño. Poco a poco, sus pensamientos se extraviaron y se mezclaron con otros: la avenida de hayas se transformó en un camino flanqueado de encinas; más adelante, una parra trepaba de rama en rama, enredando sus zarcillos en pos de sus uvas púrpuras, mientras las escasas hojas del olivo silvestre, de un verde grisáceo, contrastaban con las sombras profundas de la encina. En medio de ese ensueño, Clarke se percató de que el sendero que salía de la casa de su padre lo conducía a un territorio desconocido. De repente, en medio de la reflexión, el murmullo del verano fue reemplazado por un silencio infinito que parecía posarse sobre todo; el bosque se había quedado en un mutismo absoluto. Por un breve instante, se encontró cara a cara con una presencia que trascendía lo humano y lo animal, lo vivo y lo muerto — era la esencia de todas las cosas, desprovista de forma. Fue en ese preciso momento cuando, como si el vínculo entre el cuerpo y el alma se disolviera, una voz pareció gritar: "¡déjennos salir!", seguida de una oscuridad tan profunda como las estrellas, la oscuridad de lo eterno. Sobresaltado, Clarke despertó al ver a Raymond vertiendo unas gotas de un líquido oleoso en un frasquito verde, que luego cerró de manera segura.

—Estuviste dormitando —comentó Raymond—, el viaje debió haberte agotado. Todo está listo. Iré a buscar a Mary; regreso en unos diez minutos.

Reclinándose en su butaca, Clarke se sumió en la reflexión. Le parecía haber transitado sin esfuerzo de un sueño a otro; casi esperaba ver cómo las paredes del laboratorio se derretían para dar paso a otro mundo, despertándose en Londres mientras se estremecía ante sus propias ensoñaciones. Finalmente, la puerta se abrió y el doctor regresó, acompañado de una joven de unos diecisiete años, vestida completamente de blanco. Su belleza era innegable y Clarke comprendió de inmediato el motivo del mensaje del doctor. Aunque su rostro, cuello y brazos mostraban un tímido sonrojo, Raymond permanecía impasible.

—Mary —dijo él—, ha llegado el momento. Eres completamente libre. ¿Confías en mí sin reservas?

—Sí, querido.

—¿Lo escuchaste, Clarke? Tú serás mi testigo. Mary, aquí tienes la silla. Es bastante sencillo: solo siéntate y recuéstate. ¿Estás preparada?

—Sí, querido, totalmente preparada. Bésame antes de comenzar.

El doctor se inclinó y depositó un tierno beso en sus labios.

—Ahora, cierra los ojos —instruyó.

La joven cerró sus párpados como si estuviera cansada y deseara dormir, mientras Raymond colocaba el pequeño frasquito verde cerca de su nariz. Su rostro se volvió pálido, incluso más que su vestido; luchó suavemente, pero luego, sucumbiendo a un fuerte sentimiento de sumisión, cruzó los brazos sobre su pecho, casi imitaba el gesto de una niña recitando sus oraciones. La luz de la lámpara la iluminó por completo y Clarke observó cómo su expresión cambiaba rápidamente, como colinas que se transforman bajo las nubes veraniegas. Finalmente, allí estaba ella, inmóvil y desvaída, mientras el doctor alzaba uno de sus párpados. Había caído en un estado de inconsciencia absoluto. Raymond accionó enérgicamente una de las palancas, haciendo que la silla se hundiera de inmediato. Clarke observó cómo le recortaba el cabello, delineando un círculo similar a una tonsura. Luego, Raymond acercó la lámpara y extrajo de su maletín un pequeño e impecable instrumento; Clarke se volteó, estremecido. Al volver la vista hacia el doctor, lo vio vendando la herida que había causado.

—Despertará en cinco minutos —afirmó Raymond, manteniendo una tranquilidad inquebrantable—. No hay nada más que hacer, solo esperar.

Los minutos transcurrían lentamente, acompañados por el pesado y pausado tic tac de un viejo reloj en el pasillo. Clarke se sentía indispuesto y débil; sus rodillas temblaban, le costaba mantenerse en pie.

De repente, mientras permanecían atentos, se percibió un largo suspiro y, de pronto, el rubor regresó a las mejillas de la joven y sus ojos se abrieron. Clarke sintió un torrente de pánico. Sus ojos brillaban con una intensidad extraordinaria, mirando hacia lo distante, y un asombro inmenso se dibujó en su rostro; sus brazos se extendieron como intentando atrapar aquello que parecía invisible. Sin embargo, en un instante, el asombro se desvaneció, siendo reemplazado por un terror indescriptible.

Los músculos de su cara se convulsionaron de forma espantosa, temblando desde la cabeza hasta los pies; su alma parecía retorcerse y luchar dentro de su envoltorio de carne. Fue una visión horripilante y Clarke se lanzó hacia adelante mientras ella caía al suelo, convulsionando.

Tres días después, Raymond condujo a Clarke hasta el lecho de Mary. Ella se encontraba completamente despierta, moviendo la cabeza de un lado a otro y gesticulando sin expresión alguna.

—Sí —comentó el doctor, aún con una serenidad imperturbable—, es una lástima: se ha transformado en una idiota sin remedio. Sin embargo, era inevitable y, al fin y al cabo, ella ha contemplado al gran dios Pan.

# II. LAS MEMORIAS DEL SEÑOR CLARKE

Clarke, el caballero seleccionado por el Dr. Raymond para ser testigo del insólito experimento del dios Pan, era un hombre cuya cautela y curiosidad se entrelazaban de manera peculiar. Mientras en sus momentos serios meditaba sobre lo raro y lo excéntrico con franca aversión, en lo profundo de su alma se despertaba una ingenua fascinación por los misterios más oscuros y recónditos de la naturaleza humana. Esa inclinación había triunfado cuando aceptó la invitación de Raymond y, aunque su juicio siempre desestimó las teorías del doctor por considerarlas extravagantes necedades, en secreto se aferraba a la fe en la fantasía, regocijándose internamente ante la idea de que alguna vez se confirmara. Los horrores que vivió en aquel macabro laboratorio terminaron resultando, en cierta medida, terapéuticos; él sabía que estaba implicado en un asunto poco honorable y, durante muchos años, se aferró a lo trivial, rechazando cualquier nueva propuesta de investigación ocultista. Incluso, siguiendo un principio casi homeopático, asistió por un tiempo a sesiones dirigidas por destacados médiums, con la esperanza de que sus torpes exhibiciones lo hicieran repudiar de una vez por todas el misticismo. No obstante, tal remedio, aunque amargo, no funcionó, y Clarke se dio cuenta de que aún ardía en él el interés por lo invisible. Poco a poco, su pasión antigua fue resurgiendo, mientras el recuerdo del rostro de Mary, estremecido y convulsionado por un terror desconocido, se desvanecía con el tiempo. Mientras trabajaba arduamente en tareas serias y lucrativas durante todo el día, la tentación de relajarse por la tarde se volvía irresistible, sobre todo en los meses de invierno, cuando el fuego doraba de forma acogedora su cómodo apartamento de soltero y tenía al alcance una botella de buen vino. Una vez digerida la cena, se obligaba a pretender leer el periódico vespertino; sin embargo, el simple catálogo de noticias palidecía rápidamente ante él, y Clarke se descubría lanzando miradas de cálido deseo hacia un viejo escritorio japonés, erguido a una agradable distancia del hogar. Como un niño asombrado ante un armario repleto, vacilaba unos minutos, pero el placer finalmente triunfaba: acercaba su silla, encendía una vela y se sentaba frente al escritorio. Sus compartimentos desbordaban documentos sobre temas morbosos, mientras en su rincón se albergaba un voluminoso manuscrito en el que, meticulosamente, había transcrito los tesoros de su colección. Clarke sentía un desdén exquisito por la literatura convencional; la historia más fantasmal le resultaba insignificante si estaba ya impresa. Su único deleite consistía en leer, compilar y reorganizar lo que él denominaba *Memorias para probar la Existencia del Diablo* y, absorto en esa tarea, la tarde se desvanecía y la noche se volvía demasiado breve. En una velada particular, una feroz noche de diciembre oscurecida por la niebla y congelada por la escarcha, Clarke terminó su cena a toda prisa y, casi sin dignarse a hacerlo, tomó su habitual ritual de tomar el periódico para luego dejarlo a un lado. Caminó de un lado a otro por la estancia, abrió el escritorio, se quedó inmóvil durante un instante y se sentó. Se recostó, absorto en una ensoñación habitual, para finalmente sacar su libro y abrirlo en la última entrada. Allí se encontraban tres o cuatro páginas densamente cubiertas por su redonda y ornamentada caligrafía. Al inicio, había escrito a mano, en unas letras algo más grandes, lo siguiente:

*"Singular narración relatada por mi Amigo, el Doctor Phillips. Me ha asegurado que todos los hechos aquí descritos son estricta y completamente Verdaderos, pero se niega a revelar los Apellidos de las Personas Afectadas o los Lugares en que estos Extraordinarios Eventos tuvieron lugar."*

El señor Clake comenzó a leer, por décima vez, la narración, lanzando de reojo las anotaciones a lápiz que su amigo había sugerido. Orgulloso de cierta habilidad literaria, se empeñaba en embellecer dramáticamente las circunstancias. Así, pasó a leer la historia:

"Las personas involucradas en esta exposición son: Helen V., que, de estar aún viva, rondaría los veintitrés años; Rachel M., ya fallecida y un año menor que Helen; y Trevor W., un joven necio de 18 años. Durante el periodo en cuestión, estos individuos residían en una villa en los confines de Gales, un lugar que ostentó cierta importancia en la época de la ocupación romana, pero que hoy en día es un caserío disperso de apenas quinientas almas. La villa se emplaza en un terreno elevado, a seis millas del mar, y se encuentra resguardada por un extenso y pintoresco bosque."

"Hace unos once años, Helen V. llegó a la aldea en circunstancias peculiares. Era sabido que, huérfana, había sido adoptada en su niñez por un pariente lejano, quien la crió hasta los doce años. Sin embargo, creyendo que sería mejor para la niña tener compañeros de juego de su misma edad, publicó en varios periódicos locales algunos avisos buscando un buen hogar para una muchacha de doce años en una cómoda hacienda. Dicho aviso fue respondido por el señor R., un granjero acomodado de la ya mencionada aldea. Tras confirmar sus referencias, el caballero envió a su hija adoptiva al señor R. La niña portaba una carta en la que se estipulaba que debía tener una habitación propia y se aseguraba que sus tutores no precisaban preocuparse por su educación, pues ya estaba lo suficientemente preparada para el rol que le esperaba en la vida. De hecho, se le indicó al señor R. que permitiera a la niña desarrollar sus propias actividades y disfrutar de su tiempo libre."

Así pues, el señor R. la recibió en la estación más próxima, a siete millas de su hogar, sin notar nada inusual en la niña, salvo su actitud reservada respecto a su pasado y a su padre adoptivo. Aun así, se distinguía del resto del pueblo; su piel olivácea, pálida y clara, y sus rasgos marcados le conferían un aire algo extranjero. Pronto se adaptó a la vida en la granja, convirtiéndose en la favorita de los niños, quienes a menudo la acompañaban en sus vagabundeos por el bosque, su pasatiempo predilecto. El señor R. afirmaba conocer los solitarios paseos matutinos de la joven, quien partía inmediatamente después del desayuno y no regresaba hasta bien entrada la tarde. Preocupado al verla sola durante tantas horas, se comunicó con su padre adoptivo, quien respondió con una breve nota diciendo que Helen debía seguir sus propios deseos. En invierno, cuando los caminos del bosque se tornaban intransitables, Helen pasaba la mayoría de su tiempo en su habitación, cumpliendo las directrices de su pariente. Fue en una de estas salidas al bosque donde ocurrió el primer singular suceso relacionado con la niña, aproximadamente un año después de su llegada a la villa. El invierno anterior había sido inusualmente severo, con acumulaciones profundas de nieve y una escarcha que perduraba sin precedente. El verano siguiente destacó por un calor desmesurado. Durante uno de esos días agobiantes a causa del calor, Helen V. salió de casa para realizar uno de sus largos paseos por el bosque, llevando consigo, como era habitual, algo de pan y carne para el almuerzo. Fue vista por algunos hombres en los campos dirigiéndose hacia la antigua Calzada Romana, un sendero frondoso que serpentea por la cima del bosque. Se sorprendieron al notar que la niña se había quitado el sombrero, a pesar del sol casi tropical que irradiaba en el ambiente.

En ese mismo instante, un obrero llamado Joseph W. trabajaba en el bosque, cerca de la Calzada Romana. A mediodía, su hijo Trevor le llevó un poco de pan y queso.

Tras la merienda, el chico, de apenas siete años en ese entonces, dejó a su padre en el trabajo para buscar flores en el bosque, y el hombre, acostumbrado a escuchar sus gritos de júbilo al descubrirlas, no se inquietó al principio. Sin embargo, de repente se horrorizó al oír unos gritos espantosos, llenos claramente de terror, que venían de la dirección por donde su hijo se había internado. Dejó enseguida sus herramientas y corrió para averiguar qué sucedía. Siguiendo el sonido, encontró al niño corriendo de manera precipitada, visiblemente aterrorizado. Al interrogarlo, Joseph W. descubrió que, tras recoger un ramillete de flores, el pequeño se había acostado en el pasto para descansar y fue abruptamente despertado por un extraño ruido, semejante a un canto. Al asomarse entre las ramas, vio a Helen V. jugando en el prado junto a un "extraño hombre desnudo", cuya descripción se le escapó. El pequeño explicó que había quedado horrorizado y corrió a llamar a su padre. Joseph W. se dirigió al lugar señalado por su hijo y encontró a Helen V. sentada en el centro de un claro, en lo que parecía ser un espacio abierto dejado tras la actividad de unos quemadores de carbón. Irritado, la recriminó por haber asustado tanto a su hijo, pero ella negó rotundamente la acusación, llegando incluso a reírse de la historia del niño sobre "un extraño hombre", historia a la que el propio Joseph no daba demasiada credibilidad. Concluyó que el niño había despertado de un súbito terror típico de su edad, aunque Trevor mantuvo su historia y lo dejó sumido en ese estado de angustia hasta que su padre lo llevó a casa, confiando en que su madre lo consolaría. Sin embargo, durante semanas, el pequeño continuó causando preocupación a sus padres: sus modales se volvieron nerviosos y extraños, se negaba a salir solo de la cabaña y constantemente se despertaba gritando: "¡El hombre del bosque! ¡Padre! ¡Padre!".

Con el paso del tiempo, la impresión pareció disiparse y, cerca de tres meses después, acompañó a su padre a la casa de un vecino para quien Joseph W. trabajaba ocasionalmente. El hombre fue conducido al estudio, dejando al pequeño en el recibidor. Pero pocos minutos después, mientras el caballero daba las instrucciones pertinentes a Joseph W., ambos fueron sobresaltados por un grito desgarrador y el ruido sordo de una caída. Al salir precipitadamente, encontraron al niño inconsciente en el suelo, con el rostro desfigurado por el terror. Inmediatamente llamaron al doctor, quien tras examinarlo, afirmó que el pequeño había sufrido un ataque producto de un shock inesperado. Fue trasladado a uno de los dormitorios, y aunque recobró la consciencia al cabo de un rato, entró en un estado que el médico describió como histeria violenta. El doctor le administró un sedante fuerte y, en el transcurso de dos horas, lo declaró apto para caminar de regreso a casa. Pero al pasar por el recibidor, los episodios de terror reaparecieron, con mayor intensidad. El padre notó que el niño señalaba insistente hacia algún objeto, y escuchó nuevamente el antiguo grito, "¡El hombre del bosque!". Al mirar en la dirección indicada, observó una cabeza de piedra de aspecto grotesco, instalada en la pared sobre una de las puertas. Al parecer, el dueño de la casa había realizado recientes modificaciones en sus instalaciones y, mientras excavaba en los cimientos de algunas dependencias, había descubierto aquella extraña cabeza, claramente perteneciente al período romano y dispuesta en aquella manera tan inusual. Los arqueólogos más experimentados del distrito afirmaban que podía tratarse de la cabeza de un fauno o sátiro. (El doctor Phillips me cuenta que ha visto en persona dicha cabeza y asegura que nunca antes presenció una manifestación tan vívida de la maldad).

Sea cual fuere la causa, este segundo impacto resultó demasiado severo para el joven Trevor, quien actualmente padece una debilidad intelectual con poca esperanza de recuperación. En su momento, el hecho causó gran conmoción, y Helen fue interrogada minuciosamente por el señor R., sin que obtuviera resultados, pues ella rehusaba admitir haber asustado o perturbado a Trevor en manera alguna.

El segundo suceso relacionado con la misma niña ocurrió hace unos seis años y es aún más extraordinario. A comienzos del verano de 1882, Helen inició una amistad de rasgos profundamente íntimos con Rachel M., hija de un próspero granjero local. Esta joven, un año menor que Helen, era considerada por la mayoría la más hermosa de ambas, pese a que los rasgos de Helen se habían suavizado considerablemente al crecer. Las dos niñas, inseparables siempre que se les daba la oportunidad, mostraban un contraste singular: una con su piel clara y olivácea, casi de rasgos italianos, y la otra con el tradicional rojo y blanco de nuestros pueblos rurales. Es digno de mención que los pagos que el señor R. realizaba para el sustento de Helen eran famosos en la villa por su excesiva generosidad, lo que generaba la creencia de que algún día ella heredaría una considerable fortuna de su pariente. Por ello, los padres de Rachel no se oponían a la amistad entre ambas e incluso la fomentaban, aunque hoy se arrepienten amargamente de haberlo hecho. Helen mantenía su marcada inclinación por el bosque y, en numerosas ocasiones, Rachel la acompañaba. Ambas partían temprano por la mañana y permanecían en el bosque hasta el crepúsculo. Una o dos veces después de estas excursiones, la señora M. notaba algo peculiar en el comportamiento de su hija: se la veía distante y abatida, "como si no fuera ella misma", según se expresaba, pero parece que creyó que estos cambios eran demasiado insignificantes para ser comentados.

No obstante, una tarde, tras el regreso de Rachel al hogar, su madre escuchó un sonido parecido a un llanto contenido proveniente de la habitación de la joven y, al entrar, la encontró tirada sobre la cama medio desnuda y claramente consumida por una gran angustia. Apenas vio a su madre, exclamó: "¡Ah, madre, madre, ¿por qué me permitiste ir al bosque con Helen?!". Sorprendida ante tan extraña pregunta, la señora M. comenzó a indagar. Rachel relató entonces una historia extravagante, contando que... Clarke cerró el libro con un estruendo y giró su silla hacia el fuego. Recordó aquella tarde en que su amigo, sentado en esa misma silla, narraba su historia; en un punto, Clarke había interrumpido sus palabras en un paroxismo de horror: "¡Dios mío! –exclamó–. Piensa, piensa en lo que estás diciendo. Es demasiado increíble, demasiado monstruoso; situaciones como esta no pueden suceder en nuestro modesto mundo, en el que hombres y mujeres viven, mueren, luchan, conquistan, o bien caen en el dolor y el arrepentimiento, sufriendo destinos extraños durante años; pero no esto, Phillips, no hechos como estos. Tiene que haber alguna explicación, alguna salida ante este terror. Porque, hombre, de ser posible tal situación, nuestra tierra sería una verdadera pesadilla".

Sin embargo, Phillips había concluido su relato con estas palabras: "Su huida sigue siendo un misterio; se desvaneció a plena luz del sol; fue vista caminando por una pradera y, pocos minutos después, había desaparecido".

Clarke trató de reconstruir la historia una vez más, sentado junto al fuego, y su mente se estremeció al revivir aquella visión con sus horribles e innombrables elementos, que parecían reinar triunfantes, por decirlo de algún modo, en la carne humana. Ante él se desplegaba la oscura imagen de la verde calzada en el bosque, tal como su amigo la describió; observó las hojas que oscilaban y las sombras temblorosas sobre el pasto, la luz del sol y las flores y, en la lejanía, dos figuras que se aproximaban. Una era Rachel,

¿y la otra?. Clarke había procurado no dar crédito a tales ideas, pero al final del relato, tal y como él mismo lo había escrito en su libro, se leía la inscripción:

*Et Diabolus incarnate est. Et homo factus est.*

# III. Ciudad de resurrecciones

—¡Dios mío, Herbert! ¿Es esto posible?

—Sí, me llamo Herbert. Creo que reconozco tu rostro también, pero no recuerdo tu nombre. Tengo mala memoria.

—¿No recuerdas a Villiers de Wadham?

—Así es, así es. Perdóname, Villiers, nunca imaginé que le estaba pidiendo ayuda a un viejo compañero de universidad. Buenas noches.

—Querido amigo, no hay necesidad de apresurarse. Vivo cerca de aquí, pero no iremos allí de inmediato. ¿Qué tal si damos un paseo por Shaftesbury Avenue? Pero, Herbert, ¿cómo llegaste a esta situación?

—Es una historia larga y extraña, Villiers, pero te la puedo contar si quieres.

—Vamos, entonces. Agárrate de mi brazo, no pareces estar muy fuerte.

La extraña pareja avanzaba despacio por la calle Rupert; uno vestía sucios y desgastados harapos, mientras el otro lucía un elegante uniforme urbano, impecable y distinguido. Villiers había salido de un restaurante tras disfrutar de una excelente cena de varios platos, acompañada por una botella de Chianti. En ese estado mental casi habitual en él, se había detenido junto a la puerta, observando la tenue iluminación de la calle en busca de los misteriosos eventos y personas que pululan en Londres a todas horas. Villiers se enorgullecía de ser un astuto explorador de los oscuros rincones y encrucijadas de la vida londinense, dedicando a esta improductiva afición una diligencia que merecerían causas más serias. Así, se encontraba junto a un poste de luz estudiando a los transeúntes con una curiosidad poco disimulada y la seriedad propia de un gastrónomo metódico, cuando, tras formular mentalmente: "Londres ha sido llamada la ciudad de los encuentros; pero es más que eso, es la ciudad de las Resurrecciones", sus pensamientos fueron abruptamente interrumpidos por un lamento cercano y una triste petición de limosna. Miró a su alrededor con irritación y, de repente, se topó con la viva imagen de sus grandiosas fantasías. Allí, a su lado, con el rostro deformado por la pobreza y el infortunio, vestido apenas con harapos grasientos, estaba su viejo amigo Charles Herbert. Se habían matriculado el mismo día, y junto a él había sido feliz y sensato durante doce semestres académicos. Diferentes caminos e intereses habían enfriado su amistad y hacía seis años que Villiers no veía a Herbert; ahora lo encontraba en un estado de ruina, con una mezcla de dolor y curiosidad sobre qué terribles circunstancias lo habían llevado a tan lamentable situación.

Villiers sintió, junto con la compasión, todo el deleite del aficionado a los misterios y se felicitó por sus pausadas especulaciones fuera del restaurante.

Caminaron en silencio por algún tiempo, y más de algún transeúnte miró sorprendido aquel insólito espectáculo de un hombre bien vestido con un indiscutible mendigo aferrado a su brazo. Villiers, dándose cuenta de esto, dirigió los pasos hacia una oscura calle en el Soho. Allí repitió su pregunta:

—¿Cómo diablos sucedió, Herbert? Siempre creí que asumirías una gran posición en Dorsetshire. ¿Acaso tu padre te desheredó? ¿Es así?

—No, Villiers; obtuve toda la propiedad cuando mi pobre padre murió. Falleció un año después que dejé Oxford. Fue un buen padre para mí y lamenté su muerte sinceramente. Pero tú sabes cómo son los jóvenes; pocos meses después me vine a la ciudad y entré en sociedad. Hice, por supuesto, contactos excelentes, y logré divertirme mucho de una forma sana. Jugaba un poco, ciertamente, pero nunca a grandes riesgos, y las pocas apuestas que hice en las carreras me dieron dinero —solo unas cuantas libras, ya sabes, pero suficiente para pagar los puros y otros placeres insignificantes. Fue durante mi segunda temporada que el viento cambió. ¿Oíste que me casé, verdad?

—No, nunca me llegó ninguna notícia.

—Si, me casé, Villiers. Conocí a una joven, una muchacha de la más maravillosa y extraña belleza, en la casa de ciertas personas que conocía. No podría decirte su edad; nunca la supe. Hasta donde puedo imaginarme, debo pensar que tendría cerca de diecinueve años cuando trabamos amistad. Mis amigos la habían conocido en Florencia; les había contado que era huérfana, hija de padre inglés y madre italiana, y los cautivó tal como me cautivó a mí. La primera vez que la vi fue durante una velada nocturna. Yo estaba junto a la puerta, conversando con un amigo, cuando de repente, sobre el murmullo y barullo de la conversación, escuché una voz que pareció estremecer mi corazón. Estaba cantando una canción italiana.

Me la presentaron aquella tarde y en tres meses me casé con Helen. Villiers, esa mujer, si se le puede llamar así, corrompió mi alma. La noche de bodas me encontré en su habitación de hotel, escuchándola. Ella estaba sentada en la cama, y yo la escuchaba hablar con su voz encantadora, diciendo cosas que incluso ahora no me atrevería a murmurar en la noche más oscura, aunque estuviera solo en el desierto. Villiers, puedes pensar que conoces la vida, y Londres, y lo que sucede a todas horas en esta espantosa ciudad; seguro que habrás oído las palabras de los más despreciables, pero te digo que no puedes imaginar lo que yo sé. Ni en tus sueños más extraños y repulsivos podrías concebir ni una sombra pálida de lo que he oído... y visto. Sí, visto. He presenciado lo increíble, horrores tales que a veces me detengo en la calle y me pregunto si es posible que un hombre vea tales cosas y sobreviva. En un año, Villiers, estaba arruinado, en cuerpo y alma... completamente arruinado.

—Pero, Herbert, ¿y tus propiedades? Tenías tierras en Dorset.

—Las vendí; los campos, los bosques, mi querida antigua casa... todo.

—¿Y el dinero?

—Se lo llevó todo.

—¿Y luego te abandonó?

—Sí; desapareció una noche sin dejar rastro. No sé a dónde fue, pero estoy seguro que si la viera otra vez, eso me mataría. El resto de mi historia no importa; es solo miseria y sordidez. Quizás pienses que he exagerado y hablo para impresionar, Villiers; pero no te he contado ni la mitad. Podría revelarte ciertas cosas que te convencerían, pero jamás volverías a tener un día feliz. Vivirías el resto de tu vida como yo, un hombre maldito, un hombre que ha visto el infierno.

Villiers llevó al desafortunado a su casa y le ofreció comida. Herbert logró comer un poco, apenas tocando el vino que le sirvieron. Se sentó en silencio junto al fuego y pareció aliviado cuando Villiers lo despidió con un pequeño obsequio en forma de dinero.

—A propósito, Herbert —dijo Villiers, mientras se separaban en la puerta—, ¿Cuál era el nombre de tu esposa? Creo que dijiste Helen.

—El nombre con el que se hacía pasar cuando la conocí era Helen Vaughan, pero cuál sería su verdadero nombre, no podría decirlo. No creo que tuviera ningún nombre. Sólo los seres humanos tienen nombres, Villiers, no podría decirte nada más. Adiós. Sí, no dejaré de llamar si necesito algo en lo que puedas ayudarme. Buenas noches.

El hombre se adentró en la amarga noche, mientras que Villiers regresaba al resguardo del fuego. Había algo en Herbert que lo conmovía de forma inexpresable; no eran sus ropajes raídos ni las huellas que la pobreza había dejado en su rostro, sino un terror indefinido que se cernía sobre él como una niebla. Herbert había confesado que él tampoco estaba exento de culpa; según relataba, había sido la mujer quien lo había corrompido de cuerpo y alma, y Villiers sintió que aquel hombre, que en otro tiempo había sido su amigo, había incurrido en actos de maldad que las palabras apenas alcanzan a describir. La historia que lo envolvía no requería confirmación, pues Herbert mismo era la prueba viviente de ella. Villiers meditó con curiosidad sobre el relato que había escuchado, preguntándose si le habían contado tanto el principio como el final. No —pensó—, ciertamente faltaba el desenlace, probablemente sólo conocía el inicio. Un caso como ese se asemeja a un cúmulo de cajas chinas: abres una tras otra y en cada una descubres un artificio exótico. Seguramente el pobre Herbert no es más que una de las cajas exteriores; hay otras, aún más peculiares, en el interior. Durante aquella noche, Villiers no pudo liberar su mente de Herbert y su relato, que adquiría un tono cada vez más desenfrenado conforme pasaban las horas. El fuego ardía débilmente y el frío aire de la mañana se colaba en la habitación; Villiers se levantó, echó una última mirada hacia atrás y, estremeciéndose ligeramente, se retiró a la cama. Unos días después, se encontró con un conocido en su club, un tal Austin, célebre por su amplio conocimiento de la vida londinense, tanto en sus facetas tenebrosas como luminosas. Aún perturbado por su encuentro en el Soho y sus secuelas, Villiers pensó que tal vez Austin podría arrojar algo de luz sobre la historia de Herbert; así, tras una charla relajada, lanzó la pregunta:

—¿Sabes acaso algo sobre un hombre llamado Herbert, Charles Herbert?

Austin se volvió con seriedad y observó a Villiers, asombrado.

—¿Charles Herbert? ¿No estabas tú en la ciudad hace tres años? En ese caso, ¿no oíste hablar del asunto de Paul Street? Causó gran conmoción por esos días.

—¿De qué caso hablas?

—Pues mira, un caballero, un hombre de posición distinguida, fue hallado muerto, bien muerto, en el terreno de una casa en Paul Street, alejada de Tottenham Court Road. Por supuesto, la policía no fue la que lo descubrió; si pasas la noche despierto y dejas una luz en la ventana, la policía llamará a tu puerta, pero si estás muerto en el patio de alguien, nadie se va a enterar. En este caso, al igual que en otros, la alarma la dio una especie de vagabundo. No me refiero a un haragán cualquiera o a un vago de taberna, sino a un caballero cuyo oficio o placer —o ambos— lo convertían en un espectador habitual de Londres a las cinco de la mañana. Este individuo, que se decía iba "volviendo a casa" sin que se supiera de dónde ni hacia dónde, tuvo la ocasión de pasar por Paul Street entre las cuatro y las cinco de la madrugada. Fue entonces cuando algo captó su atención en el número 20; de manera absurda comentó que la casa poseía el aspecto más desagradable que había visto jamás, pero que, de todos modos, se detuvo a mirar. Se sorprendió al ver a un hombre tendido sobre las piedras, con sus extremidades encogidas y el rostro levantado hacia el cielo. Lo que nuestro caballero madrugador vio en el semblante espectral del difunto le impulsó a correr en busca del policía más cercano. Al principio, el alguacil se mostró reacio a tomar el caso en serio, sospechando de una simple borrachera; sin embargo, tras inspeccionar el rostro del hombre, cambió de tono con sorprendente rapidez. El pajarito madrugador, que había tenido la mala pata de encontrarse con este gusano tan gordo, fue enviado en busca del doctor, mientras el policía golpeaba y llamaba a la puerta de la casa hasta que una sirvienta desaliñada —todavía con rastros de sueño— abrió. El alguacil señaló el terreno a la mujer, quien gritó lo bastante fuerte como para despertar a toda la calle, pero aseguró no saber nada de ese hombre; afirmó que jamás lo había visto en la casa, etcétera. Mientras tanto, el descubridor original ya había regresado con el médico y, a continuación, entraron en el lugar. Encontraron la reja abierta, por lo que el cuarteto descendió pesadamente las escaleras. El doctor apenas necesitó un momento para inspeccionar el cadáver; dijo que el pobre hombre llevaba muerto varias horas. Fue entonces cuando el caso se volvió aún más intrigante. El difunto no mostraba señales de haber sido asaltado y, en uno de sus bolsillos, se hallaron papeles que lo identificaban como... bueno, como un hombre de buena familia y recursos, un favorito de la alta sociedad, sin enemigos aparentes.

No te revelo su nombre, Villiers, pues no añade nada a la historia, y además es prudente no desentrañar estos asuntos de los muertos sin familiares vivos. Lo que resultó aún más curioso fue que el doctor no pudo precisar cómo había ocurrido su muerte. Había ligeros moretones en sus hombros, tan sutiles que parecían indicar que hubiese sido empujado bruscamente por la puerta de la cocina, en lugar de haber sido tirado desde la reja o arrastrado escaleras abajo. Sin embargo, no existían otras señales de violencia y la autopsia no encontró rastro alguno de veneno. La policía, evidentemente, deseaba conocer todos los detalles sobre los habitantes del número 20 de Paul Street, y como me contaron fuentes privadas, surgieron algunos puntos muy desconcertantes. Se decía que los ocupantes eran el señor y la señora Charles Herbert; se murmuraba que él era un terrateniente, lo cual sorprendía, puesto que Paul Street no es precisamente un lugar asociado a la burguesía hacendada. En cuanto a la señora Herbert, nadie parecía saber quién o qué era, y entre nosotros, imagino que aquellos que se sumergieron en la historia se encontraron en aguas bastante turbias. Por supuesto, ambos negaron conocer al fallecido y, ante la carencia de pruebas en su contra, fueron liberados. Sin embargo, ciertos hechos muy extraños rodearon su situación. Aunque eran entre las cinco y las seis de la mañana cuando retiraron el cadáver, se reunió una gran multitud y varios vecinos acudieron a averiguar qué sucedía. Sus comentarios, aunque desinhibidos, daban a entender que el número 20 gozaba de muy mala fama en Paul Street. Los detectives intentaron vincular estos rumores con hechos sólidos, pero no lograron encontrar nada concluyente; la gente sacudía la cabeza y arqueaba las cejas, describiendo a los Herberts como "raros" y aconsejando "mejor no ser visto entrando en su casa", entre otros rumores. Las autoridades estaban completamente convencidas de que el hombre había encontrado su fin, de un modo u otro, dentro de la casa y que había sido empujado por la puerta de la cocina, pero no pudieron demostrarlo, y la falta de indicios de violencia o envenenamiento los dejó impotentes. Un caso singular, ¿no es cierto? Pero curiosamente, hay algo más que aún no te he contado. Conozco a uno de los médicos consultados sobre la causa de la muerte y, algún tiempo después de la investigación, me encontré con él y le pregunté:

—¿Me dices en serio que el caso te dejó perplejo y que no tienes ni idea de qué murió aquel hombre?

—Disculpa —respondió—, pero conozco perfectamente la causa de la muerte. Blank murió de miedo, víctima de un terror real y espantoso; Jamás durante mis años de práctica he visto unos rasgos tan terriblemente desfigurados, a pesar de haber observado innumerables rostros post mortem.

El doctor, normalmente un hombre sereno, se mostró tan vehemente que me impresionó, aunque no pude extraerle más detalles. Supongo que Hacienda no halló modo de procesar a los Herberts por asustar a un hombre hasta llevarlo a la muerte; de cualquier manera, nada se hizo y el caso quedó relegado a la memoria colectiva. ¿Sabes acaso tú algo sobre Herbert?

—Bueno —contestó Villiers—, era un antiguo amigo de universidad.

—¡No me digas! ¿Viste alguna vez a su esposa?

—No, nunca. Perdí de vista a Herbert durante muchos años.

—Es extraño, ¿verdad?, separarse de un hombre en la puerta de la universidad o en Paddington, no saber nada de él durante años, para que luego aparezca en un sitio tan raro. Pero a mí me hubiera gustado ver a la señora Herbert; se dicen cosas extraordinarias acerca de ella.

—¿Qué clase de cosas?

—Bueno, casi no sé ni cómo contártelo. Todos los que la vieron en el tribunal dijeron que era, al mismo tiempo, la mujer más hermosa y la más repulsiva sobre la que hayan posado nunca sus ojos. Hablé con un hombre que la había visto, y te lo aseguro, realmente se estremecía mientras trataba de describirme a la mujer, mas no podía decir por qué. Parece que la señora era una especie de enigma; y yo creo que si aquel muerto hubiera podido contar unas cuantas historias, habría narrado algunas extraordinariamente raras. Y nuevamente nos encontramos frente a otro acertijo, ¿qué podría haber buscado el señor Blank (lo llamaremos así, si no te molesta) en una casa tan extravagante como la del número 20? Es un caso del todo extraño, ¿no crees?

—Realmente lo es, Austin; un caso extraordinario. Nunca pensé, al preguntarte por mi antiguo amigo, que me encontraría frente a algo tan extraño. Bueno, debo irme, buenos días.

Villiers se alejó, pensando en su propia idea ingeniosa de las cajas Chinas; aquí había un artificio bien pintoresco, diría.

# IV. EL DESCUBRIMIENTO EN PAUL STREET

Pocos meses después del encuentro entre Villiers y Herbert, el señor Clarke se hallaba, como de costumbre, sentado junto al fuego tras la cena, esforzándose por impedir que sus fantasías le dirigieran hacia su escritorio. Durante más de una semana había logrado mantenerse alejado de sus *Memorias*, albergando la esperanza de una total autotransformación; sin embargo, a pesar de sus intentos, no lograba silenciar el interés y la curiosa atracción que el caso que había redactado despertaba en él. Le había planteado el caso —o más bien un resumen del mismo, en forma de conjetura— a un colega científico, quien negó con la cabeza pensando que Clarke empezaba a volverse excéntrico, y justo en esa noche en particular, mientras Clarke intentaba racionalizar la historia, un inesperado golpe en la puerta lo sacó de sus divagaciones.

—El señor Villiers le busca, señor.

—¡Dios mío! Villiers, qué amable es por tu parte venir a visitarme. No te había visto en muchos meses, diría casi un año. Entra, entra. ¿Cómo estás, Villiers? ¿Necesitas algún consejo de inversión?

—No, gracias; creo que mis asuntos en ese sentido están perfectamente en orden. No, Clarke, he venido a consultarte sobre un tema realmente curioso del que me enteré hace poco. Me temo que te parezca totalmente absurdo cuando te lo relate. A veces yo mismo pienso lo mismo, y por ello recurro a ti, ya que sé que eres un hombre pragmático.

El señor Villiers ignoraba las *Memorias para probar la existencia del Diablo*.

—Bueno, Villiers, estaré encantado de ofrecerte mi opinión, si mi capacidad me lo permite. ¿De qué trata el asunto?

—Es algo verdaderamente extraordinario. Tú me conoces: siempre ando con los ojos bien abiertos en las calles y a lo largo de mi vida me he topado con tipos y casos verdaderamente peculiares, pero creo que éste los supera a todos. Hace cerca de tres meses salía de un restaurante en una desagradable noche invernal; había degustado una cena copiosa acompañada de una buena botella de Chianti, y me detuve un momento en la acera, reflexionando sobre el misterio que envuelve las calles de Londres y sus visitantes. Una botella de vino tinto puede encender estas fantasías, Clarke, y me atrevería a decir que estaba en lo más profundo de mis pensamientos cuando fui interrumpido por un mendigo que se me acercó pidiendo lo de siempre. Al mirar a mi alrededor, descubrí que aquel mendigo era nada menos que lo que quedaba de un viejo amigo, un hombre llamado Herbert. Le pregunté cómo había caído en tan deplorable situación y él me lo contó. Caminamos por una de esas largas y oscuras calles del Soho y allí escuché su relato. Dijo que se había casado con una mujer hermosa, varios años menor que él y, según relató, que lo había corrompido en cuerpo y alma. No entró en detalles, alegando que lo que había visto y oído lo perseguía día y noche, y al observar su rostro supe que hablaba en serio. Había algo en ese hombre que me erizaba la piel. No sé por qué, pero lo sentí así. Le di algo de dinero y me despedí; te aseguro que cuando se alejó pude respirar tranquilo. Su presencia te congelaba la sangre.

—¿No es ponerle mucha imaginación, Villiers? Creo que el pobre hombre contrajo un matrimonio imprudente y, para decirlo llanamente, se metió en un lío.

—Escucha esto —prosiguió Villiers, contándole a Clarke la historia que había oído de Austin—. Ya ves —concluyó— casi no cabe duda de que ese tal señor Blank, quienquiera que fuera, murió de un terror genuino; presenció algo tan espantoso que le arrebató la vida. Y lo que presenció, seguramente tuvo lugar en aquella casa, la cual, de una u otra forma, goza de una pésima fama en el barrio. La curiosidad me impulsó a visitar el lugar. Se trata de una calle deprimentemente lúgubre; las casas son suficientemente antiguas para verse desagradables y lúgubres pero no tan antiguas para llegar a ser encantadoras. Según pude observar, la mayoría funcionaban como viviendas de alquiler, tanto amueblados como sin amueblar, y casi cada uno contaba con tres timbres en la puerta. En algunos casos, las plantas bajas se habían convertido en locales comerciales de la clase más vulgar; en definitiva, era una calle sombría en todos los sentidos. Encontré que el número 20 estaba en alquiler, así que me dirigí al agente para conseguir la llave. Naturalmente, no esperaba hallar señales de los Herbert en ese inmueble, pero le pregunté al hombre, de forma directa, cuánto tiempo llevaba deshabitada la casa y si había tenido otros inquilinos en el interín. Me miró con extrañeza por un instante y me dijo que los Herbert la habían abandonado inmediatamente después de lo que él denominaba "aquella molestia" y que, desde entonces, la casa había permanecido vacía.

Villiers hizo una pausa.

—Siempre me ha atraído la idea de entrar en casas abandonadas; hay algo fascinante en esos cuartos desiertos, con clavos todavía en las paredes y polvo acumulado en los alféizares. Pero no disfruté explorando el número 20 de Paul Street. Apenas puse un pie en el pasaje de entrada, sentí una sensación extraña e opresiva invadir el aire del lugar. Claro que todas las casas deshabitadas pueden resultar asfixiantes de alguna manera, pero esto era algo completamente distinto; no logro describirlo con palabras, pero era como si el ambiente cortara la respiración. Recorrí la habitación delantera, la trasera, e incluso bajé a las cocinas de la planta sótano; todas estaban tan polvorientas y descuidadas como uno podría esperar, pero en todas había algo fuera de lugar. No podría precisar bien qué era, sólo sabía que me sentía perturbado. Sin embargo, una de las estancias del primer piso resultó ser la peor. Se trataba de un cuarto relativamente amplio, que en otra ocasión debió de haber estado adornado con un papel pintado bien alegre, pero que al verlo ahora parecía una pintura y un papel de lo más lúgubres. La habitación desbordaba horror; al apoyar mi mano en la puerta sentí mis dientes rechinar y, al entrar, creí que iba a desvanecerme. No obstante, me armé de valor y me recosté junto a la pared del fondo, preguntándome qué demonios podría albergar ese cuarto para hacer temblar mis extremidades y hacer latir mi corazón como si se acercara la hora final. En una esquina había una pila de periódicos esparcidos por el suelo; comencé a examinarlos. Eran diarios de hace tres o cuatro años, algunos medio rasgados, otros arrugados, como si hubieran sido empleados para embalar algo. Revisé toda la pila y entre ellos hallé un curioso boceto —te lo mostraré enseguida. Pero no pude quedarme en la habitación; sentía que me caía encima. Agradecí haber salido al aire libre, sano y salvo. Mientras caminaba por la calle, la gente me observaba, y un hombre comentó que debía estar ebrio. Me tambaleaba por la acera y, apenas lo logré, fui hasta el agente para devolver la llave e irme a casa. Estuve en cama durante una semana, padeciendo lo que mi doctor diagnosticó como un fuerte impacto nervioso y agotamiento. Uno de esos días leí el periódico y, casualmente, me topé con el titular: "Murió de hambre". Era ya habitual: se trataba de una típica casa de alquiler en Marylebone, con una puerta cerrada durante varios días y un hombre hallado muerto en su silla tras forzar la entrada. "El fallecido —decía el artículo— era conocido como Charles Herbert, y se cree que alguna vez fue un próspero hacendado. Su nombre se hizo familiar al público hace tres años, en relación con la misteriosa muerte ocurrida en Paul Street, Tottenham Court Road, de donde era el inquilino de la casa número 20, en cuyo patio se encontró el cadáver de un caballero de buena posición, muerto en circunstancias nada exentas de sospecha". Un final trágico, ¿verdad? Pero, si lo que me contaron es verdad —y estoy convencido de que lo es— la existencia de aquel hombre se resumía en una tragedia, una de las fatalidades más extrañas que se puedan imaginar.

—Y esa es la historia, ¿verdad?

—Sí, esa es la historia.

—Bueno, Villiers, realmente no sé qué opinar. Sin duda hay hechos en este caso que parecen peculiares, como el hallazgo de un muerto en el terreno de la casa de Herbert, y la insólita opinión del médico respecto a la causa de la muerte; sin embargo, quizá todos esos sucesos tengan una explicación lógica. En cuanto a la extraña sensación que experimentaste al visitar la casa, quizá se deba a una imaginación desbordante; tal vez estuviste meditando, en un estado casi inconsciente, sobre lo que habías oído. No veo qué más se puede afirmar o hacer al respecto; evidentemente insistes en que hay un misterio, pero Herbert está muerto. ¿Dónde piensas buscar, entonces?

—Propongo hacer indagaciones sobre la mujer; la mujer con la que se casó. Es un verdadero enigma.

Ambos hombres guardaron silencio junto al fuego; Clarke se alegraba de haber adoptado el papel de abogado pragmático, mientras Villiers se envolvía en sombrías fantasías.

—Creo que fumaré un cigarrillo —dijo finalmente, metiendo la mano en el bolsillo y palpando una cajetilla de cigarros— ¡Ah! —exclamó, dando un respingo— Olvidé que tenía algo que mostrarte. ¿Recuerdas lo que te comenté sobre el curioso boceto hallado entre los viejos periódicos en la casa de Paul Street? Aquí lo tienes.

Villiers sacó de su bolsillo un pequeño paquete, envuelto en un papel marrón y asegurado con un cordel cuyos nudos parecían un verdadero rompecabezas. A pesar de sí mismo, Clarke sintió crecer la curiosidad; se inclinó en su silla mientras Villiers luchaba por desatar el cordel, quitando la envoltura exterior. Dentro había otra capa de papel que Villiers extrajo, y sin pronunciar palabra, le pasó a Clarke el pequeño dibujo. Un mortal silencio invadió la habitación durante cinco largos minutos. Ambos permanecieron tan inmóviles que hasta el resonar del antiguo reloj en el recibidor se hacía notar, y en la mente de uno de ellos, esa monótona cadencia evocó lejanos recuerdos. Clarke observaba con intensidad el boceto, trazo a trazo realizado con tinta y lápiz, que representaba la cabeza de una mujer. Era evidente que había sido dibujado con maestría por un verdadero artista, ya que el alma de la mujer se asomaba en sus ojos y sus labios se curvaban en una enigmática sonrisa. Clarke quedó petrificado ante aquel rostro; le trajo a la memoria una tarde de verano, de tiempos ya idos; volvió a ver aquel extenso valle, el río serpenteando entre colinas, praderas y campos de maíz, el pálido sol rojo, y la fría bruma que se alzaba desde el agua. Entonces escuchó una voz que le hablaba entre las ondas del tiempo, diciendo: "Clarke, ¡Mary verá al Dios Pan!", para luego encontrarse en aquella lúgubre habitación junto al doctor, escuchando el pesado tic tac del reloj, esperando y observando la figura tendida en la silla verde bajo la lámpara. Mary se levantó, él se perdió en sus ojos, y su corazón se heló por dentro.

—¿Quién es esta mujer? —preguntó al fin con voz seca y áspera.

—Es la mujer con la que Herbert se casó.

Clarke volvió a mirar el boceto; sin embargo, no era Mary del todo. Indudablemente parecía el rostro de Mary, pero había algo adicional, algo que no se correspondía con los rasgos de Mary cuando apareció en el laboratorio vestida de blanco junto al doctor, ni en su horrible despertar, ni cuando yacía gesticulando en la cama. Fuera lo que fuere, la mirada emanada de aquellos ojos, la sonrisa de sus labios llenos, o la expresión completa del rostro, hicieron estremecer a Clarke en lo más profundo de su ser, evocando inconscientemente las palabras del doctor Phillips: "nunca antes presenció una manifestación más vívida de la maldad". Instintivamente, volteó el papel en su mano para leer la parte trasera.

—¡Dios mío, Clarke! ¿Qué te sucede? Te has puesto pálido como la muerte.

Villiers saltó de su silla bruscamente, mientras Clarke se reclinaba con un quejido, dejando caer el papel.

—No me siento nada bien, Villiers; a veces me sorprenden este tipo de ataques. Sírveme un poco de vino, por favor; gracias, esto me ayudará. En pocos minutos me recuperé un poco.

Villiers recogió el boceto caído y lo volteó, imitando el gesto de Clarke.

—¿Lo has visto? —comentó—. Así fue como lo identifiqué como el retrato de la esposa de Herbert, o mejor dicho, de su viuda. ¿Cómo te encuentras ahora?

—Mejor, gracias; fue sólo un mareo pasajero. Creo que no acabo de entender lo que has dicho. ¿Qué es lo que te permitió reconocer la imagen?

—Esta palabra —Helen— estaba escrita en la parte de atrás. ¿No te mencioné que su nombre era Helen? Sí, Helen Vaughan.

Clarke soltó un gemido; no había lugar para la duda.

—Ahora —añadió Villiers—, ¿no crees que en la historia que te he contado y en el papel que esta mujer desempeña, hay varios aspectos muy extraños?

—Sí, Villiers —musitó Clarke—, realmente es una historia desconcertante; una historia verdaderamente inusual. Dame algo de tiempo para meditar sobre ello, quizá pueda ayudarte, quizá no. ¿Te retiras ya? Muy bien, buenas noches Villiers, buenas noches. Ven a visitarme en el transcurso de una semana.

# V. LA CARTA DE ADVERTENCIA

—¿Sabes, Austin —comentó Villiers mientras ambos paseaban suavemente por Picadilly en una agradable mañana de mayo—? Estoy convencido de que lo que me contaste acerca de Paul Street y de los Herbert es solamente una parte de una historia extraordinaria. Además, debo confesarte que cuando te pregunté por Herbert hace unos meses, justo lo acababa de ver.

—¿Lo habías visto? ¿Dónde?

—Una noche, mientras mendigaba en la calle, lo reconocí a pesar de encontrarse en las peores condiciones. Empezó a relatarme su historia, o al menos un esbozo, y en pocas palabras afirmó que había sido destruido por su mujer.

—¿De qué manera?

—No entró en detalles; tan solo dijo que ella lo había aniquilado, en cuerpo y alma. Y el hombre ya no está entre nosotros.

—¿Y qué pasó con su mujer?

—Ah, eso es precisamente lo que me intriga, y estoy decidido a hallarla tarde o temprano. Conozco a un tal Clarke, un hombre de negocios bastante agudo, pero no en el mero sentido comercial, sino alguien que realmente entiende de la naturaleza humana y de la vida. Le expuse mi caso y quedó impresionado. Me dijo que necesitaba meditarlo y me pidió que regresara en el transcurso de una semana. Pocos días después, llegó esta extraordinaria carta.

Austin tomó el sobre, extrajo la carta y la leyó con curiosidad. En ella se leía:

*"Mi querido Villiers, he reflexionado sobre el asunto que me consultaste la otra noche, y mi consejo es el siguiente: arroja el retrato al fuego y borra esa historia de tu mente. Nunca vuelvas a pensar en ello, Villiers, o te arrepentirás. Seguramente pensarás que poseo alguna información secreta, y en parte es así. No obstante, solo sé una parte; soy como un viajero que ha osado mirar el abismo y luego se ha retirado horrorizado. Lo que conozco ya es extraordinariamente extraño y terrible, y más allá de mis conocimientos existen profundidades y horrores que superan cualquier relato contado en una noche invernal junto al fuego. He decidido no indagar ni un ápice más, y nada alterará esta resolución. Si valoras tu felicidad, tomarás la misma determinación. Ven a verme de todas formas; aunque, te aseguro, abordaremos temas más amables que este."*

Austin dobló meticulosamente la carta y se la devolvió a Villiers.

—Realmente es una misiva peculiar —dijo—. Por cierto, ¿a qué se refiere el hombre con "el retrato"?

—¡Oh! Casi se me olvida mencionar que estuve en Paul Street e hice un descubrimiento.

Villiers procedió a relatar su experiencia de la misma forma que lo hizo al contársela a Clarke, mientras Austin lo escuchaba en silencio, visiblemente intrigado.

—¡Qué curioso que hayas sentido algo tan desagradable en aquella habitación! —comentó finalmente—. Me parece imposible que haya sido solo producto de tu imaginación; una sensación de repulsión, para resumirlo.

—No, era algo más físico que mental. Era como si, al inhalar, respirara una emanación letal que penetraba cada nervio, hueso y tendón de mi cuerpo. Me sentí sacudido de pies a cabeza, mis ojos se oscurecieron, como si estuviera a punto de cruzar el umbral de la muerte.

—Sí, ciertamente resulta muy extraño. Como ves, tu amigo confesó que existe una historia sumamente oscura ligada a esa mujer. ¿Notaste alguna emoción en él cuando relatabas tu experiencia?

—Sí, se mostró bastante débil, aunque me aseguró que se trataba de un ataque pasajero como los que ocasionalmente le ocurren.

—¿Le creíste?

—En ese momento sí, pero ahora tengo mis reservas. Reaccionó con total indiferencia ante mis palabras, hasta que le mostré el retrato. Fue entonces cuando el ataque del que hablo le sobrevino; te aseguro que su semblante se tornó cadavérico.

—Entonces, debió haber visto a la mujer en algún momento. Sin embargo, quizá existe otra explicación; puede que lo familiar para él sea el nombre, no tanto el rostro. ¿Qué opinas?

—No podría afirmarlo con certeza. Me acuerdo vagamente que, al voltear el retrato en su mano, casi se le cae la silla. El nombre estaba escrito en la parte trasera, como bien sabes.

—¡Exacto! Al fin y al cabo, resulta imposible llegar a una conclusión definitiva en un asunto como este. No soporto el melodrama, y poco me agradan las historias fantasiosas y rutinarias sobre apariciones; pero, Villiers, en el fondo, hay algo verdaderamente extraño en todo esto.

Sin percatarse, ambos hombres habían girado por Ashley Street, dirigiéndose al norte de Picadilly. La calle se extendía larga y algo sombría, aunque aquí y allá una fachada más luminosa salpicaba las oscuras casas con flores, cortinas alegres y puertas pintadas de manera encantadora.

Mientras Austin terminaba de hablar, Villiers observó una de esas viviendas; de cada alféizar colgaban geranios rojizos y blancos, y en cada ventana se colgaban cortinas de un animado color narciso.

—Se ve muy alegre, ¿no te parece? —comentó.

—Sí, y según dicen, el interior es aún más alegre. Es de las casas más encantadoras de esta temporada, según he oído de varios conocidos que han tenido el placer de visitarla.

—¿De quién es?

—De una tal señorita Beaumont.

—¿Y quién es ella?

—No sabría decirte con exactitud. He oído que procede de Sudamérica, pero, en realidad, eso es de poca importancia. Es indudable que es una mujer muy adinerada y se dice que algunas de las personas más distinguidas han compartido su compañía. Incluso tengo entendido que posee un Claret excepcional, un vino verdaderamente magnífico, que debió costarle una suma extraordinaria. Lord Argentine me habló al respecto; estuvo allí la tarde del pasado domingo y me aseguró que jamás había probado un vino igual, y tú sabes lo que eso significa, ya que Argentine es un experto. Por cierto, eso me recuerda que la señora Beaumont debe ser, sin duda, una mujer muy singular. Lord Argentine le preguntó sobre la antigüedad del vino y, ¿adivina lo que respondió?: "Alrededor de mil años, creo". Inicialmente, Lord Argentine pensó que estaba bromeando, pero al reír, ella afirmó con total seriedad lo dicho e incluso se ofreció a mostrarle la jarra. Después de ello, ya no pudo añadir nada más; aunque, debo decir, me parece algo antiguo para una bebida, ¿no crees? Bueno, ya hemos llegado a mis aposentos. ¿Te apetece pasar?

—Gracias, creo que lo haré. Hace ya bastante que no visito la tienda de curiosidades.

La estancia estaba ricamente amueblada, aunque de modo extravagante, de tal forma que cada jarrón, armario, mesa, alfombra y adorno parecía mantener su propia individualidad.

—¿Alguna novedad interesante últimamente? —preguntó Villiers después de un rato.

—No; creo que no. ¿Viste aquellos cántaros tan peculiares, verdad? Me lo imaginaba. No he descubierto nada nuevo en estas semanas.

Austin recorrió la sala examinando cada aparador y estante en busca de alguna rareza reciente. Finalmente, sus ojos se posaron en un extraño cofre, finamente tallado, que descansaba en una oscura esquina del cuarto.

—Ah —dijo—, casi se me olvida; tengo algo que mostrarte.

Austin abrió el cofre, extrajo un grueso volumen encuadernado y lo colocó sobre la mesa, retomando el cigarro que había dejado a un lado.

—Villiers, ¿conociste a Arthur Meyrick, el pintor?

—Algo, sí. Lo vi una o dos veces en la casa de un amigo. ¿Qué ha sido de él? Hace tiempo que no oigo su nombre.

—Murió.

—¡Dios mío! Muy joven, ¿no?

—Sí, tenía apenas treinta años cuando falleció.

—¿Y la causa de su muerte?

—No lo sé. Era un amigo muy cercano, un hombre realmente íntegro. Solía venir a conversar conmigo durante horas. Era, sin duda, uno de los mejores conversadores que he conocido y, hasta podía hablar de pintura, lo cual no es común entre los artistas. Hace aproximadamente dieciocho meses comenzó a sufrir de un gran estrés y, en parte siguiendo mi consejo, se embarcó en una especie de expedición sin destino ni objetivo definido. Creo que Nueva York fue uno de sus primeros puertos, pero nunca supe nada más de él. Hace tres meses recibí este libro, acompañado de una nota cortés de un doctor inglés que trabaja en Buenos Aires. En ella se afirmaba que había atendido al fallecido Meyrick durante su enfermedad y que el difunto había expresado fervientemente el deseo de que me fuera enviado este paquete sellado tras su muerte. Eso fue todo.

—¿Y tú no escribiste para pedir más detalles?

—He pensado en hacerlo. ¿Tú me aconsejarías escribir al doctor?

—Sin duda. ¿Y el libro?

—Venía sellado cuando lo recibí. No creo que el doctor haya osado abrirlo.

—¿No te parece algo muy extraño? ¿Acaso Meyrick era un coleccionista?

—No, no lo creo; difícilmente alguien así se dedique a coleccionar. Dime, ¿qué opinas de estas vasijas Ainu?

—Son singulares, pero me agradan. En todo caso, ¿no me vas a mostrar el legado del pobre Meyrick?

—Claro. Verás, es un objeto bastante peculiar y no se lo he enseñado a nadie. Si yo fuera tú, mejor guardaría silencio al respecto. Aquí tienes.

Villiers tomó el libro y lo abrió al azar.

—Entonces, no se trata de un volumen impreso —comentó.

—No, es una colección de dibujos en blanco y negro realizados por mi querido amigo Meyrick.

Villiers hojeó la primera página, que estaba en blanco; la segunda llevaba una pequeña inscripción que decía:

*"Silet per diem universus, nec sine horrore secretus est; lucet nocturnis ignibus, chorus Ægipanum undique personatur: audiuntur et cantus tibiarum, et tinnitus cymbalorum per oram maritimam."*

En la tercera página apareció un diseño que sobresaltó a Villiers, quien inmediatamente dirigió la mirada a Austin, que se encontraba absorto mirando por la ventana. Página tras página, Villiers se dejó atrapar, pese a sí mismo, por las espeluznantes Noches de Walpurgis, una representación de una maldad extraña y monstruosa plasmada en crudos trazos en blanco y negro. Antaño, figuras de faunos, sátiros y egipanes danzaban ante sus ojos; escenas de oscuras espesuras, danzas en las cumbres, costas solitarias, viñedos en tonos verdes, lugares desolados y rocosos se sucedían como un mundo que hace retroceder y estremecer el alma humana. Villiers pasó rápidamente las páginas restantes; ya había visto suficiente, hasta que el dibujo de la última página capturó su atención en el preciso instante en que estaba a punto de cerrar el libro.

—¡Austin!

—¿Qué sucede?

—¿Sabes quién aparece en él?

En la última página se distinguía el rostro de una mujer, solitario sobre un fondo blanco.

—¿Si la conozco? No, por supuesto que no.

—Yo sí.

—¿Quién es?

—Es la señora Herbert.

—¿Estás seguro?

—Estoy absolutamente convencido. ¡Pobre Meyrick! Es otro triste capítulo de su historia.

—¿Qué te parecen los diseños?

—Son terroríficos. Vuelve a sellar el libro, Austin. Si yo fuera tú, lo quemaría; debe ser una compañía espantosa incluso encerrada en este cofre.

—Sí, son dibujos verdaderamente singulares. Pero me pregunto, ¿qué vínculo existía entre Meyrick y la señora Herbert, o qué conexión hay entre ella y estos dibujos?

—¿Quién podría saberlo? Es posible que este asunto concluya aquí y jamás lo descubramos, pero, a mi parecer, Helen Vaughan o la señora Herbert es solo el comienzo. Volverá a Londres, Austin; descuida, que ella regresará, y entonces descubriremos más sobre ella. Aunque dudo que las noticias sean muy alentadoras.

# VI. LOS SUICIDIOS

Lord Argentine era sumamente popular en la alta sociedad londinense. A los veinte años, había sido un hombre pobre, aunque el peso de un ilustre apellido lo distinguía; sin embargo, se había visto forzado a ganarse la vida por cualquier medio, y ni el prestamista más osado habría apostado cincuenta libras a que algún día transformaría su nombre en uno marcado por un título y su pobreza en una gran fortuna. Su padre había estado lo bastante cerca de la fuente de las cosas buenas como para garantizar el sustento de la familia, pero el hijo, aun optando por la vida religiosa, no habría conseguido mucho más que eso, y sin vocación para la orden eclesiástica, se lanzó al mundo armado únicamente con la toga de bachiller y el ingenio del nieto del hijo menor, herramienta con la que, de algún modo, convertía la existencia en una batalla soportable. A los veinticinco, el señor Charles Aubernon continuaba lidiando con las lucha por sobrevivir al mundo; sin embargo, de los siete antes que él que habían ostentado los rangos más altos de su estirpe, solo quedaban tres. Estos tres, aunque "bien vivos", no podían defenderse ni de la lanza zulú ni de la fiebre tifoidea, y por ello, una mañana, Aubernon despertó como Lord Argentine, un hombre de treinta años que había enfrentado los rigores de la vida y los había conquistado. La situación le resultaba tremendamente divertida, decidiendo que la riqueza le sería tan grata como la pobreza lo había sido siempre. Tras meditarlo, Argentine concluyó que la cena, considerada una de las bellas artes, era quizá la ocupación más entretenida a la que podía aspirar la humanidad en ruinas. Así, sus cenas llegaron a ser famosas en Londres, y recibir una invitación para su mesa se convirtió en un premio codiciado. Después de diez años de señoría y célebres cenas, Argentine seguía inflexible, deleitándose en la vida y, casi como un contagio, siendo reconocido como fuente de alegría para los demás, y en suma, la mejor compañía. Por ello, su repentina y trágica muerte causó una profunda conmoción. La gente lo negaba, aun teniendo el periódico en mano y el titular "Misteriosa muerte de un noble" resonando en las calles. Allí se leía: "Lord Argentine fue hallado muerto esta mañana por su asistente en circunstancias inquietantes. Se afirma que no hay duda de que se suicidó, aunque no se ha encontrado motivo alguno para tal acto. El difunto era muy conocido en sociedad y profundamente apreciado por su jovialidad y hospitalidad regia. Ha sido sucedido por..." y así seguía el relato.

Poco a poco, salieron a la luz algunos detalles, pero el caso se mantenía envuelto en misterio. El testigo principal fue el mayordomo del difunto, quien declaró que la noche anterior a su muerte, Lord Argentine había cenado con una dama de alta posición, cuyo nombre fue suprimido por los periódicos. Argentine regresó aproximadamente a las once e informó a su sirviente que no necesitaría sus servicios hasta la mañana siguiente. Un poco más tarde, el mayordomo tuvo ocasión de pasar por el recibidor y se sorprendió al ver a su amo salir tranquilamente por la puerta principal. El señor había dejado atrás su vestimenta de dormir y ahora lucía un abrigo Norfolk, bombachos y un sombrero de tono marrón. El asistente no tenía razón para suponer que su amo le había visto, y aunque era raro que se quedara fuera hasta tarde, jamás habría anticipado lo ocurrido a la mañana siguiente: al llamar a la puerta a las nueve sin recibir respuesta, golpeó una o dos veces, entró a la habitación y encontró el cuerpo de Lord Argentine, tendido en ángulo a los pies de la cama. Descubrió que el difunto había atado firmemente una cuerda a uno de los postes cortos, formando un nudo corredizo que se deslizó alrededor de su cuello; el pobre hombre debió dejarse caer deliberadamente, muriendo lentamente por estrangulamiento. Vestía aún el delgado traje con el que había salido, y el médico llamado declaró que su vida se había extinguido hacía más de cuatro horas. Todos sus papeles, cartas y demás pertenencias estaban en perfecto orden, y nada apuntaba remotamente a algún escándalo, grande o pequeño. Hasta ahí llegaba la evidencia; nada más pudo ser descubierto. Varios asistentes a la cena afirmaron que el difunto parecía de humor afable, igual que siempre. Sin embargo, el ayudante comentó que, al llegar a casa, su amo parecía ligeramente alterado, aunque la diferencia era tan sutil que resultaba casi imperceptible. Buscar más pistas parecía inútil, y la hipótesis de un repentino ataque de manía suicida aguda se aceptó de forma general. Pero los hechos tomaron otra dimensión cuando, en las tres semanas siguientes, otros tres caballeros —uno noble y dos hombres de buena posición y medios— perecieron de forma atroz, casi de la misma manera. Lord Swanleigh fue hallado una mañana en su vestidor, suspendido de un gancho en la pared, mientras que los señores Collier-Stuart y Herries optaron por morir como Lord Argentine. Ninguno de los casos tenía explicación; solamente unos pocos datos: un hombre vivo por la tarde y un cadáver, con el rostro hinchado y amarillento, por la mañana.

Ante estos hechos, la policía se declaró impotente para arrestar o explicar los macabros asesinatos en Whitechapel; sin embargo, ante los horribles suicidios en Picadilly y Mayfair quedaron absolutamente atónitos, pues ni siquiera la brutalidad que había servido de explicación para los crímenes del East End parecía servir en el caso del West End. Todos estos hombres, que habían elegido morir en una forma tormentosa y humillante, eran ricos, prósperos y, aparentemente, amantes de la vida, y ni la investigación más detallada pudo descubrir la más mínima sombra de un motivo subyacente. El ambiente estaba impregnado de terror, y los hombres se miraban entre sí, preguntándose si alguno sería la siguiente víctima de aquella quinta tragedia sin nombre. Los periodistas rebuscaban en vano sus apuntes en busca de material que encajara con anteriores reportajes, y el periódico matutino se abría en más de un hogar con un sentimiento de pavor, pues nadie sabía cuándo ni dónde se daría el siguiente golpe. Poco después del último de estos espantosos sucesos, Austin fue a visitar al señor Villiers, movido por la curiosidad de saber si había logrado descubrir alguna pista nueva sobre la señora Herbert, ya fuera a través de Clarke o de otra fuente. Apenas se sentaron, preguntó:

—No —respondió Villiers—, le escribí a Clarke pero sigue inmutable, y he indagado por otros canales sin éxito. No he podido averiguar qué fue de Helen Vaughan tras dejar Paul Street; imagino que habrá emigrado al extranjero. Pero te seré franco, Austin; no he prestado demasiada atención al asunto estas últimas semanas; conocía muy bien al pobre Herries, y su trágica muerte fue un gran golpe para mí.

—Lo creo —contestó Austin solemne—, sabes bien que Argentine era amigo mío. Recuerdo que hablábamos de él el día que viniste a mis habitaciones.

—Sí, lo discutimos en relación a aquella casa de Ashley Street, la de la señora Beaumont. Mencionaste algo sobre que Argentine había cenado allí.

—Así es. Seguramente sabrás que fue en esa casa donde Argentine cenó la noche anterior… justo antes de su muerte.

—No, no había oído nada de eso.

—Ah, sí. Su nombre fue omitido en los periódicos para evitar molestias a la señora Beaumont. Argentine era uno de sus grandes favoritos, y se comentaba que ella se encontraba en un estado lamentable.

Una expresión de indecisión apareció en el rostro de Villiers, como si dudara en continuar. Austin retomó la palabra.

—Jamás experimenté tanto horror como al leer el informe sobre la muerte de Argentine. En ese instante no lo comprendí, y aún ahora mi entendimiento se ve superado al preguntarme qué motivo pudo llevarle —a él o a alguno de los otros— a decidir morir de esa forma espantosa. Ya sabes cómo murmura la gente en Londres, y te aseguro que cualquier escándalo enterrado o secreto inconfesable habría emergido en un caso así; pero nada de ello sucedió. En cuanto a la teoría de la manía suicida… Bueno, tal explicación resulta práctica para el forense improvisado, pero todos sabemos que es una tontería. La manía suicida no es una mera infección pasajera.

Austin cayó en un profundo silencio. Villiers también se quedó callado, observando a su amigo. La duda aún se reflejaba en su semblante, como sopesando sus pensamientos en una balanza. Austin intentó alejarse de los recuerdos de tragedias tan imposibles y confusas como el laberinto de Dédalo y empezó a hablar con tono indiferente de temas más agradables y de las aventuras de la temporada.

—Esa señora Beaumont de la que hablábamos, es un fenómeno; ha tomado prácticamente Londres por asalto. La conocí la otra noche en Fulham; en verdad, es una mujer extraordinaria.

—¿Acaso conociste personalmente a la señora Beaumont?

—Sí, estaba rodeada de un verdadero séquito. Se podría decir que es muy atractiva, aunque hay algo en su rostro que no me resultó del todo agradable. Sus rasgos son exquisitos, pero su expresión es enigmática. Durante todo el tiempo que la observé —y aun cuando me dirigía a casa— tuve la extraña sensación de que, de alguna manera, me resultaba familiar.

—Quizás la habías visto por la calle.

—No, estoy seguro de que era la primera vez que la veía; precisamente eso le confiere su misterio. Y, en verdad, nunca he visto a nadie como ella; lo que sentí fue como un leve y distante recuerdo, vago pero persistente. Solo puedo compararlo con esa sensación extraña que a veces se experimenta en sueños, cuando ciudades fantásticas, tierras maravillosas y personajes espectrales nos parecen a la vez familiares y habituales.

Villiers asintió y echó un vistazo sin rumbo por la habitación, como buscando el siguiente tema de conversación. Sus ojos se posaron sobre un antiguo cofre situado bajo un escudo gótico, similar a aquel en el que el artista había ocultado su peculiar legado.

—¿Le escribiste al doctor respecto al pobre Meyrick? —preguntó.

—Sí, le mandé una carta pidiéndole todos los detalles sobre su enfermedad y su muerte. No espero respuesta antes de tres semanas, o incluso un mes. Pensé también en averiguar si Meyrick conocía a alguna inglesa de apellido Herbert y, de ser así, solicitar al doctor información sobre ella. No descarto que Meyrick se haya cruzado con ella en Nueva York, México o San Francisco; la magnitud y el rumbo de sus viajes me son totalmente desconocidos.

—Exactamente, y es posible que esa mujer responda a más de un nombre.

—Precisamente. Habría deseado pedirte el retrato que posees de ella para incluirlo en mi carta al doctor Matthews.

—Podrías haberlo hecho; ni siquiera se me ocurrió. Debemos enviarlo ya. ¡Escucha! ¿Qué gritan esos niños?

Mientras los dos conversaban, un confuso bullicio de gritos fue aumentando progresivamente. El estruendo se elevaba desde la zona este y se concentraba en Picadilly, aproximándose como un torrente que agitaba las calles normalmente tranquilas, haciendo de cada ventana el marco para una cara curiosa o excitada. Los gritos y voces se propagaban por la silenciosa calle de Villiers, haciéndose más nítidos a medida que se acercaban, y mientras él hablaba, del exterior se oyó:

"¡Los horrores del West End; otro espantoso suicidio; informe completo!"

Austin bajó precipitadamente las escaleras, compró un periódico y lo leyó en voz alta a Villiers, mientras el alboroto en la calle crecía y menguaba. La ventana estaba abierta y el aire parecía cargado de ruido y terror.

*"Otro caballero ha caído víctima de la terrible epidemia de suicidios que, durante el último mes, ha azotado el West End. El señor Sydney Crashaw, de Stoke House, Fulham y King's Pomeroy, Devon, fue hallado muerto a la una de esta tarde, tras una prolongada búsqueda, colgando de una rama en su jardín. El difunto cenó anoche en el Club Carlton y su salud y buen humor se mostraban como de costumbre. Abandonó el club cerca de las diez y, momentos después, fue visto paseando con calma por St. James Street. Luego se le perdió la pista. Apenas se halló su cuerpo se llamó al médico, pero era evidente que su*

*vida se había extinguido hacía tiempo. Hasta donde se sabe, el señor Crashaw no presentaba ningún problema o ansiedad. Este doloroso suicidio, que será recordado, es el quinto de esta índole en el último mes. Las autoridades de Scotland Yard se muestran incapaces de sugerir alguna explicación para estos horribles sucesos."*

Austin dejó el periódico con un silencio lleno de horror.

—Mañana abandonaré Londres —declaró—, esta ciudad se ha convertido en una pesadilla. ¡Qué espantoso es todo esto, Villiers!

El señor Villiers permanecía sentado junto a la ventana, observando la calle con calma. Había escuchado atentamente el informe y la indecisión había desaparecido de su rostro.

—Espera, Austin —replicó—, debo contarte algo que ocurrió anoche. ¿No se mencionaba que Crashaw había sido visto en St. James Street poco después de las diez?

—Sí, creo que sí. Voy a verificarlo. Efectivamente, tienes razón.

—Entonces, me veo en la obligación de contradecir ese relato: Crashaw fue visto mucho más tarde.

—¿Cómo lo sabes?

—Porque, por una casualidad, lo vi cerca de las dos de la madrugada.

—¿Lo viste tú, Villiers?

—Sí, lo reconocí claramente, estábamos a pocos pasos el uno del otro.

—¿Dónde lo viste, por el amor de Dios?

—No lejos de aquí. Lo vi en Ashley Street, justo al salir de una casa.

—¡Villiers! Reflexiona bien sobre lo que dices; debe tratarse de un error. ¿Cómo podría Crashaw estar en casa de la señora Beaumont a las dos de la mañana? Seguro que habrás estado soñando, Villiers; siempre has tenido inclinaciones fantasiosas.

—No, estaba completamente despierto. Y aunque fuera sueño, lo que presencié me habría despertado de inmediato.

—¿Qué viste exactamente? ¿Notaste algo extraño en Crashaw? No lo puedo creer, es imposible.

—Si quieres, te contaré lo que vi —o mejor dicho, lo que creo haber observado— para que lo juzgues por ti mismo.

—Está bien, Villiers.

El ruido y clamor de la calle se fue apagando, aunque algunos ecos de gritos distantes se percibían aún y el pesado silencio que siguió recordaba la calma que se siente tras un terremoto o una tormenta. Villiers se alejó de la ventana y comenzó a relatar:

—Anoche, me encontraba en una casa cerca de Regent's Park y, al salir, se me ocurrió caminar a casa en lugar de tomar un cabriolé. Aquella noche era lo suficientemente clara y agradable y en pocos minutos las calles se mostraron prácticamente desiertas. Es curioso, Austin, andar solo por Londres a esas horas, con la luz de las lámparas de gas alargándose en la lejanía, el silencio casi triste y, de pronto, el estruendo de un coche sobre las piedras o los cascos de los caballos que hacen chispas. Caminaba con paso enérgico, pues me encontraba algo cansado de la noche, y cuando el reloj marcó las dos, giré por Ashley Street —que se encuentra en mi ruta habitual. La calle estaba más tranquila que nunca, con pocas lámparas; en definitiva, se veía tan oscura y tenebrosa como un bosque invernal. Había recorrido casi la mitad de la calle cuando escuché el sonido de una puerta cerrándose suavemente; como era natural, miré para ver quién andaba por allí a esa hora. Por casualidad, cerca de la casa había una lámpara; vi a un hombre en el portal. Justo acababa de cerrar la puerta, y al darse la vuelta, su rostro parecía dirigirse hacia mí. Inmediatamente reconocí a Crashaw; aunque nunca habíamos entablado conversación, lo había visto en repetidas ocasiones y no pude confundirme. Lo observé unos instantes y, debo confesar, emprendí una buena carrera, corriendo hasta llegar a mi propia puerta.

—¿Por qué?

—¿Por qué? Porque al ver la cara de aquel hombre se me heló la sangre. Jamás imaginé que una conjunción de pasiones tan intensas pudiese encenderse en los ojos de un hombre. Casi pierdo el conocimiento al verlo. Su mirada mostraba la esencia de un alma perdida, Austin. Su apariencia exterior se mantenía intacta, pero en su interior se gestaba un auténtico infierno. Un furor lascivo, un odio abrasador, la pérdida de toda esperanza y la absoluta desesperación parecían gritar en la noche, aunque su boca permaneciera cerrada. Estoy seguro de que no me vio; no percibía lo mismo que nosotros, pero lo que yo presencié espero, sinceramente, que jamás tengamos que verlo. No sé con exactitud cuándo murió —quizás en una o dos horas—, pero al cruzar Ashley Street y oír la puerta cerrarse, comprendí que aquel hombre ya no pertenecía a este mundo. Lo que vi fue la fisonomía de un demonio.

Se produjo un largo silencio en la habitación tras finalizar su relato. La luz menguaba, y el tumulto de la hora anterior se había desvanecido. Austin inclinó la cabeza, cubriéndose los ojos con las manos.

—¿Qué significado puede tener todo esto? —preguntó finalmente.

–Quién sabe, Austin, quién sabe. Este asunto es demasiado oscuro y creo que, por ahora, es mejor que quede entre nosotros. Investigaré sobre esa casa a través de algunos canales confidenciales, y si logro indagar algo, te lo haré saber.

## VII. Encuentros en el Soho

Tres semanas después, Austin recibió una nota de Villiers solicitando que lo visitara esa misma noche o la siguiente. Optó por la fecha más inmediata. Al llegar, halló a Villiers sentado junto a la ventana como de costumbre, absorto en el monótono ir y venir del tráfico. Junto a él, reposaba una mesa de bambú, un objeto fascinante adornado con incrustaciones de oropel e ilustraciones exóticas, sobre la que se apilaban documentos ordenados y rotulados con la misma pulcritud de todo lo que se podía encontrar en la oficina del señor Clarke.

—Bueno, Villiers, ¿has realizado algún descubrimiento relevante estas últimas tres semanas?

—Creo que sí —respondió—. Aquí tengo uno o dos apuntes que me dejaron impresionado por su singularidad, y hay un informe en particular que quiero que revises.

—¿Estos documentos guardan relación con la señora Beaumont? Es decir, ¿era Crashaw a quien viste aquella noche en la puerta de la casa de Ashley Street?

—Sobre ese asunto, mi criterio se mantiene inalterable; sin embargo, ninguna de mis investigaciones ni los resultados obtenidos tienen una conexión especial con Crashaw. Dicho esto, mis pesquisas han dado un giro inesperado. ¡He descubierto la verdadera identidad de la señora Beaumont!

—¿Quién es ella? ¿A qué te refieres?

—Lo que quiero decir es que tú y yo ya la conocemos bajo otro nombre.

—¿Y cuál es ese nombre?

—Herbert.

—¡Herbert! —repitió Austin, sorprendido y aturdido por la revelación.

—Así es, la señora Herbert de Paul Street, o mejor dicho, Helen Vaughan, de cuyas anteriores andanzas yo no tenía conocimiento. Tuviste razón al reconocer la expresión de su rostro; cuando regreses a casa, observa la imagen del libro de horrores de Meyrick y comprenderás la fuente de tus recuerdos.

—¿Tienes pruebas de esto?

—Sí, la prueba más concluyente. La vi, a la señora Beaumont —o deberíamos decir, a la señora Herbert?

—¿Dónde la viste?

—En el sitio que menos esperarías de una dama residente en Ashley Street, en Picadilly. La vi entrando a una vivienda de una de las calles más mal vistas y de peor reputación del Soho. En realidad, había acordado una cita, aunque no con ella, y coincidimos en el mismo lugar y momento.

—Todo esto resulta bastante sorprendente, pero no puedo calificarlo como increíble. Recuerda, Villiers, que yo vi a esta mujer en medio de la vida agitada de la alta sociedad londinense, conversando, riendo y tomando café en un salón común, entre gente corriente. Pero, ya sabes, tú siempre tienes estos peculiares argumentos tuyos...

—Lo sé; me he abstenido de dejarme llevar por simples conjeturas o fantasías. Mi intención no era descubrir a Helen Vaughan al investigar a la señora Beaumont en las sombrías aguas de la vida londinense; sin embargo, ese es el resultado al que he llegado.

—Debes haber recorrido lugares insólitos, Villiers.

—Así es, lugares bastante inusuales. Como comprenderás, habría sido inútil dirigirme a Ashley Street para solicitar a la señora Beaumont un breve resumen de su pasado. No, suponiendo —y como tuve que suponer— que sus antecedentes no eran exactamente inmaculados, era bastante seguro que en algún momento se moviera en círculos de reputación muy distinta a la actual. Si ves lodo en la superficie del arroyo, es señal de que en algún momento estuvo en el fondo. Y yo fui directo a ese fondo. Siempre me ha fascinado meterme en líos por puro placer, y me di cuenta que mi conocimiento de la zona y sus habitantes resultaba muy útil. Quizás no sea necesario mencionar que mis amigos jamás habían oído el apellido Beaumont, y dado que yo nunca había visto a la dama ni podía proporcionarles una descripción, me vi forzado a actuar de manera indirecta. La gente de la zona me conoce; en cierta ocasión les brindé asistencia, por lo que no tuvieron reparos en compartir su información, conscientes de que yo no tenía ninguna conexión, directa o indirecta, con Scotland Yard. Sin embargo, me vi obligado a descartar numerosas pistas antes de obtener lo que buscaba. Y, cuando por fin "pesqué" al pez, ni por un instante pensé que ese fuera mi objetivo final. Escuché lo que me decían con un genuino interés por las noticias aparentemente inútiles, y terminé en posesión de una historia muy peculiar, aunque, como anticipé, no era la que originalmente buscaba. Resulta que, hace cinco o seis años, una mujer de apellido Raymond apareció de manera repentina en el barrio que menciono. Me la describieron como una jovencita, probablemente de diecisiete o dieciocho años, sumamente atractiva y con un aire rústico, como si hubiera salido del campo. Sería un error decir que alcanzó su nivel al llegar a ese barrio o al asociarse con esa gente, pues según me contaron, hasta la peor de las zonas de Londres le hubiera resultado demasiado refinada. Mi fuente de información, un hombre sin demasiado pudor, se estremeció y palideció al relatar las indescriptibles infamias de las que se la acusaba. Tras vivir en ese barrio por un año —o tal vez algo más—, desapareció tan repentinamente como había llegado y no se supo nada de ella hasta el caso de Paul Street. Al principio venía ocasionalmente a su refugio, luego con mayor frecuencia, y finalmente se instaló allí definitivamente durante seis u ocho meses. No tiene sentido entrar en detalles sobre la vida que llevaba; si deseas más pormenores puedes consultar el legado de Meyrick. Aquellos relatos parecían surgir de la fantasía. Ella volvió a desaparecer y nadie la volvió a ver hasta hace unos meses. Mi informante me explicó que había alquilado unas habitaciones en una casa determinada, y que tenía la costumbre de visitarlas una o dos veces por semana, siempre a las diez de la mañana. Esperé que se presentara en una de esas visitas la semana pasada, así que a las diez menos cuarto me puse de guardia en compañía de mi cicerone. La hora llegó, y tanto la dama como la hora coincidieron con precisión.

Mi amigo y yo nos situamos bajo un pasaje abovedado, apartado de la calle, pero ella nos vió y dirigió hacia mí una mirada que tardaré en olvidar. Aquella única mirada lo dijo todo; comprendí en ese instante que la señora Raymond era, en realidad, la señora Herbert; mientras que la imagen de la señora Beaumont se desvaneció por completo de mi mente. Ella ingresó en la casa y yo la esperé hasta las cuatro de la tarde, cuando salió y volví a seguirla. Fue una cacería larga y tuve que esforzarme en mantenerme en un segundo plano, sin perderla de vista. Me condujo por el Strand, luego por Westminster, continuando por St James's Street y a lo largo de Picadilly. Sentí una extraña incertidumbre al verla girar por Ashley Street; la idea de que la señora Herbert fuera en realidad la señora Beaumont parecía demasiado increíble para ser verdad. Esperé en la esquina, sin apartar la vista, tomando especial cuidado en identificar la casa en la que se detuvo. Era la casa de las cortinas alegres, la casa de las flores, la misma de la que Crashaw emergió aquella noche en que se colgó en su jardín. Estaba a punto de asimilar mi descubrimiento cuando un carruaje vacío viró y se detuvo frente a la vivienda; deduje entonces que la señora Herbert saldría a dar un paseo, y efectivamente sucedió. Por casualidad, me crucé con un conocido y conversamos a poca distancia del camino por donde pasaría el carruaje, que se encontraba justo detrás de mí. No habían pasado ni diez minutos cuando mi amigo se quitó el sombrero; al mirar a mi alrededor, ahí estaba la dama que había seguido todo el día. "¿Quién es ella?" —le pregunté.

Y su respuesta fue: "La señora Beaumont; vive en Ashley Street". A partir de ese momento no quedó ninguna duda. No sé si ella me vio, pero dudo que así haya sido. Inmediatamente regresé a casa y, tras meditarlo, consideré que tenía un caso lo suficientemente sólido como para presentarlo ante Clarke.

—¿Por qué acudir a Clarke?

—Porque estoy convencido de que Clarke conoce hechos sobre esta mujer que yo desconozco.

—Bueno, ¿y entonces?

Villiers se reclinó en su butaca y, tras un momento de reflexión, respondió a Austin:

—Mi intención era que Clarke y yo visitáramos a la señora Beaumont.

—¡Dime que no entrarías en una casa así! No, no, Villiers, no puedes hacerlo. Además, imagina el resultado...

—Muy pronto te lo podré contar. Pero quería comentarte que mi información no terminó ahí; fue completada de forma asombrosa. Mira este pequeño paquete manuscrito; está debidamente encuadernado, y tuve que tolerar la delicada coquetería de una banda de cinta roja. ¿No te parece que tiene cierto aire legal? Lee con atención, Austin. Se trata del relato de las diversiones que la señora Beaumont ofrecía a sus invitados predilectos. El autor de este documento logró escapar con vida, aunque dudo que le queden muchos años. Los doctores le dijeron que probablemente había sufrido un grave impacto nervioso.

Austin cogió el manuscrito, pero no lo llegó a leer. Al pasar sus elegantes páginas al azar, una palabra y una frase capturaron su atención y, abrumado, con el rostro pálido y un sudor frío recorriéndole las sienes, arrojó los papeles al suelo.

—Llévatelos, Villiers y nunca vuelvas a mencionarlos. ¿Eres acaso de piedra? ¡Por Dios! El miedo y el horror de la muerte, los pensamientos del hombre que se encuentra en el frío aire de la mañana sobre negro cadalso, atado, con la campana sonando en sus oídos y esperando el áspero traqueteo del cerrojo, no son nada comparados con esto. No lo leeré; nunca volvería a dormir.

—Muy bien. Puedo imaginar lo que viste. Sí, es bastante horrible; pero después de todo, es una vieja historia, un viejo misterio que se representa en nuestros días, y en las oscuras calles de Londres en lugar de entre los viñedos y los olivares. Sabemos lo que les sucedió a quienes se encontraron por casualidad con el gran dios Pan, y aquellos que son sabios saben que todos los símbolos son símbolos de algo, no de nada. Era, de hecho, un símbolo exquisito bajo el cual los hombres hace mucho tiempo velaron su conocimiento de las fuerzas más terribles y secretas que yacen en el corazón de todas las cosas; fuerzas ante las cuales las almas de los hombres deben marchitarse, morir y ennegrecerse, como sus cuerpos se ennegrecen bajo la corriente eléctrica. Esas fuerzas no pueden ser nombradas, no pueden ser mencionadas, no pueden ser imaginadas excepto bajo un velo y un símbolo, un símbolo que para la mayoría de nosotros parece una fantasía pintoresca y poética, para algunos un cuento absurdo. Pero tú y yo, en todo caso, hemos conocido  algo del terror que puede morar en el lugar secreto de la vida, manifestado bajo la carne humana; Lo que no tiene forma, toma forma. ¡Oh, Austin! ¿Cómo puede ser? ¿Cómo es que la misma luz del sol no se vuelve negra ante esta cosa, la tierra dura se derrite y hierve bajo tal carga?

Villiers caminaba de un lado a otro de la habitación, y las gotas de sudor brotaban de su frente. Austin permaneció en silencio un rato, pero Villiers lo vio hacer una señal sobre su pecho.

—Te lo vuelvo a decir,, Villiers, No serás capaz de entrar en una casa como esa. Nunca saldrías de allí con vida.

—Sí, Austin, saldré con vida, yo y Clarke conmigo.

—¿Qué quieres decir? No puedes, no te atreverás...

—Espera un momento. El aire era muy agradable y fresco esta mañana; soplaba una brisa, incluso en esa calle aburrida, y pensé en dar un paseo. Piccadilly se extendía ante mí como una vista clara y resplandeciente, y el sol brillaba sobre los carruajes y sobre las hojas temblorosas del parque. Era una mañana alegre y los hombres y las mujeres miraban al cielo y sonreían mientras se dedicaban a sus trabajos o a sus placeres, y el viento soplaba tan alegremente como sobre los prados y las aulagas perfumadas. Pero de un modo u otro logré escapar del bullicio y la alegría y me encontré caminando lentamente por una calle tranquila y aburrida, donde parecía no haber sol ni aire, y donde los pocos transeúntes se demoraban mientras caminaban, y se quedaban indecisos en las esquinas y bajo los arcos. Caminé sin saber adónde iba ni qué hacía allí, pero sintiéndome impulsado, como a veces nos sucede, a explorar aún más, con la vaga idea de alcanzar una meta desconocida. Así que avancé por la calle, notando el poco tráfico de la lechería y maravillándome ante la incongruente mezcla de pipas a un penique, tabaco negro, caramelos, periódicos y canciones cómicas que aquí y allá se empujaban unas a otras en el breve espacio de un único escaparate. Creo que fue un escalofrío que me recorrió de repente lo que me indicó por primera vez que había encontrado lo que buscaba. Levanté la vista de la acera y me detuve ante una tienda polvorienta, sobre la que las letras se habían desvanecido, donde los ladrillos rojos de doscientos años atrás se habían ennegrecido; donde las ventanas habían acumulado el polvo de innumerables inviernos. Vi lo que necesitaba; pero creo que pasaron cinco minutos antes de que me calmara y pudiera entrar y pedirlo con voz fría y rostro sereno. Creo que incluso entonces debió haber un temblor en mis palabras, porque el anciano que salió de la trastienda y rebuscó lentamente entre sus productos, me miró de forma extraña mientras ataba el paquete. Pagué lo que me pidió y me quedé apoyado junto al mostrador, con una extraña renuencia a tomar mis productos e irme. Pregunté por el negocio y me enteré de que el comercio iba mal y las ganancias se habían reducido tristemente; Pero la calle ya no era lo que había sido antes de que se desviara el tráfico, aunque eso se hizo hace ya cuarenta años, «justo antes de que muriera mi padre», dijo. Al final me alejé y caminé rápidamente; era una calle lúgubre, en verdad, y me alegré de volver al bullicio y al ruido. ¿Quieres ver mi compra?

Austin no dijo nada, pero asintió ligeramente con la cabeza; todavía parecía enfermo y estaba pálido. Villiers abrió un cajón de la mesa de bambú y le mostró a Austin un rollo largo de cuerda, dura y nueva; y en un extremo había un nudo corredizo.

—Es la mejor cuerda de cáñamo —dijo Villiers—, hecha a la manera antigua, me dijo el hombre. Ni un brizno de yute de punta a punta.

Austin apretó los dientes con fuerza y miró a Villiers, poniéndose más blanco a medida que miraba.

—No te ensuciarás las manos con sangre —exclamó con repentina vehemencia—. ¿Hablas en serio, Villiers? ¿Acaso eso no te convertiría en verdugo?

—No. Ofreceré a Helen Vaughan la opción de dejarla a Helen sola en una habitación cerrada con esta soga durante quince minutos. Si la cosa no se resuelve en ese tiempo, llamaré al policía más cercano. Eso es todo.

—Debo irme. No puedo quedarme ni un minuto más, no soporto esto. Buenas noches.

—Buenas noches, Austin.

La puerta se cerró, pero poco después volvió a abrirse. Austin apareció en el umbral, pálido y cadavérico.

—Casi lo olvido —dijo—, tengo algo que contarte. Recibí una carta del doctor Hardon desde Buenos Aires. Me comenta que atendió a Meyrick durante los tres meses previos a su muerte.

—¿Y menciona qué lo llevó a la tumba en la flor de su vida? ¿No fue la fiebre?

—No, no fue la fiebre. Según el doctor, se trató de un colapso total del sistema, posiblemente provocado por un shock severo. Sin embargo, asegura que el paciente no le reveló nada, dejándolo imposibilitado para tratar el caso.

—¿Hay algo más?

—Sí, concluye su carta diciendo: "Creo que ésta es toda la información que puedo ofrecerle acerca de su pobre amigo. No permaneció mucho tiempo en Buenos Aires y casi no conocía a nadie, salvo a una persona de dudoso carácter, que desde entonces ha desaparecido... una tal señora Vaughan."

# VIII. LOS FRAGMENTOS

*[Hoja de un manuscrito, cubierta con anotaciones hechas a lápiz, encontrada entre los papeles del conocido médico, doctor Robert Matheson, de Ashley Street, Picadilly, que murió repentinamente de un ataque de apoplejía, a comienzos de 1892. Las notas se encontraban en latín, muy abreviadas y parecía evidente que fueron escritas con mucha prisa. El manuscrito fue descifrado con gran dificultad y algunas palabras han esquivado, hasta ahora, todos los esfuerzos de los expertos contratados. La fecha, XXV de julio de 1888, está escrita en el costado superior derecho del manuscrito. Lo siguiente es la traducción del manuscrito del doctor Matheson]*

*"No estoy seguro de que la comunidad científica se beneficie de la publicación de estas notas, de existir la posibilidad de que sean difundidas; no lo sé, aunque lo dudo seriamente. En cualquier caso, jamás asumiré la responsabilidad de revelar siquiera una palabra de lo que aquí expreso, no solo por el juramento que libremente hice ante aquellas dos personas presentes, sino también porque los detalles resultan demasiado espantosos. Con toda probabilidad, una vez meditada la situación y sopesado el bien y el mal, destruiré este texto o, al menos, se lo entregaré sellado a mi amigo D, confiando en su discreción para que él decida usarlo o quemarlo según lo crea conveniente. Tal como dictaban mis conocimientos, hice todo lo necesario para convencerme de que no estaba*

delirando. Al principio, aturdido, me costó pensar, pero en poco tiempo confirmé que mi pulso se mantenía estable y regular, y que mi juicio se hallaba en orden. Tras eso, posé tranquilamente la mirada en lo que tenía frente a mí. A pesar de que dentro de mí se abrieron paso el horror y la náusea, y un hedor a podredumbre sofocó mi respiración, me mantuve firme. Fui, en ese instante, bendecido o maldecido —no me atrevo a precisar si una cosa o la otra— por la visión de aquello que descansaba sobre la cama, tan negro como la tinta, transformándose ante mis ojos. La piel, la carne, los músculos, los huesos y la estructura inquebrantable del cuerpo humano —algo que siempre creí tan inmutable y eterno como el diamante—, comenzaron a derretirse y desintegrarse.

Sé que es posible descomponer el cuerpo en sus elementos mediante agentes externos, pero me habría negado a aceptar lo que presencié. Porque había en ello alguna fuerza interna, de la cual no tengo conocimiento, que provocaba la disolución y la transformación. En aquel lugar se hallaba también todo el proceso a través del cual el hombre fue creado, recreándose ante mis ojos. Observé aquella masa cambiando de género, dividiéndose en varias formas, para luego reunirse de nuevo. Más tarde, vi el cuerpo descender hacia las bestias de las cuales había surgido, mientras aquello que en un principio se elevó hacia las alturas descendía hasta las profundidades, haciendo parecer irrisorio el abismo de todo ser. El principio vital, que da origen al organismo, permanecía inalterable a pesar de la mutación de su forma externa. La luz de la habitación se había convertido en una oscuridad que no era la de la noche, aquella en que los objetos se difuminan; yo podía ver con claridad, sin dificultad. Sin embargo, se trataba de la negación de la luz: los objetos se presentaban ante mi vista sin ningún tipo de mediación, de tal modo que, de haber existido un prisma en la habitación, jamás habría podido apreciar ningún color en él. Miré, y al final no distinguí más que una sustancia gelatinosa. Entonces, el escalafón volvió a ascender... [aquí el manuscrito se vuelve ilegible] ... por un instante, distinguí una Forma perfilándose en la penumbra frente a mí; no me detendré en describirla con detalle, aunque su símbolo puede verse en antiguas esculturas y en pinturas que sobrevivieron a la lava, demasiado obscenas para ser nombradas. Como una horrible e indefinible figura —ni hombre ni bestia— iba transformándose hasta adquirir forma humana, momento en que finalmente se consumó la muerte.

Yo, testigo de todo esto, no sin un inmenso horror y repulsión en mi alma, firmo con mi nombre, diciendo que todo lo que he plasmado en este papel es la verdad."

Robert Metheson, Med. Dr.

∗∗∗

...Raymond, este es el relato de lo que he visto. La carga era demasiado pesada para soportarla solo, y sin embargo, no podía revelarla a nadie más que a ti. Villiers, que estuvo conmigo hasta el final, desconoce aquel terrible secreto del bosque. El secreto de cómo aquello que ambos observamos perecer sobre la fresca y esmerada hierba, entre las flores de verano, mitad iluminadas, mitad en sombras, sosteniendo la mano de la joven Rachel, llamó y convocó a aquellos compañeros que adoptaron forma sólida sobre la tierra que pisamos. Convocó el terror que apenas podemos insinuar, aquél que solo podemos nombrar de manera velada. No le relataré a Villiers lo ocurrido, ni tampoco el parecido que me golpeó el corazón al ver aquel retrato, que rellenó al final la copa del terror con la última gota.

No me atrevo a predecir qué significado tendrá todo esto. Estoy convencido de que lo que vi desaparecer no era Mary, pero en su última agonía fueron los ojos de Mary los que se posaron sobre mí. No sé si existe alguien capaz de darme el último eslabón de la cadena de este horrible enigma, pero de haber alguien, ese alguien eres tú, Raymond. Y, si conoces el secreto, depende de ti decidir si lo revelas o no, según prefieras. Te envío esta carta inmediatamente al regresar a la ciudad. Estuve en el campo los últimos días; quizá puedas adivinar el lugar. Mientras en Londres el asombro y el terror alcanzaban su cénit —ya que la señora Beaumont, como te había contado, era reconocida en la alta sociedad— le remití a mi amigo, el doctor Phillips, un breve resumen, más bien una insinuación, acerca de lo sucedido, y le pedí el nombre de la aldea donde transcurrieron aquellos hechos.

Él me lo proporcionó, pues, como me dijo sin titubear, los padres de Rachel habían fallecido, y el resto de la familia se había trasladado a vivir con un pariente en el estado de Washington, hace seis meses. Me explicó que los padres habían muerto indudablemente a causa del dolor y el espanto provocados por la trágica muerte de su hija y por lo sucedido antes de aquel fatal deceso. Esa misma tarde, en el día en que recibí la carta de Phillips, ya me encontraba en Caermaen. Bajo las desgastadas murallas romanas, blanqueadas por diecisiete inviernos, miré la pradera donde alguna vez se erigió el templo dedicado al "Dios de los Abismos" y vislumbré una casa resplandeciente bajo la luz del sol. Era la vivienda donde Helen había vivido. Permanecí en Caermaen varios días. La gente del lugar, descubrí, sabía poco y menos aún había sospechado. Aquellos con quienes conversé sobre el tema parecían asombrados de que un anticuario —así me presenté— se interesara en la tragedia del pueblo, la cual describieron de forma tan trivial que, naturalmente, no revelé nada de lo que yo conocía.

Pasé la mayor parte del tiempo en el inmenso bosque que se eleva justo sobre la aldea, escalando su ladera y serpenteando hacia el río en el valle; otro valle extenso y bello, Raymond, semejante al que una vez observamos durante aquella noche, paseando frente a tu casa. Durante horas me perdí entre los laberínticos senderos del bosque, girando en diferentes direcciones, avanzando despacio por caminos de maleza, sombríos y fríos, incluso bajo el sol del mediodía, y deteniéndome a la sombra de imponentes robles. Reposé en la hierba rala de algún claro, donde el viento me traía el sutil y dulce aroma de las rosas silvestres, mezclándose con el penetrante perfume del saúco; esos dos aromas juntos evocaban el hedor de la estancia de un difunto, un suspiro de incienso y putrefacción. Me hallé en los confines del bosque, observando el despliegue majestuoso y el desfile de las dedaleras, alzándose entre helechos y resplandeciendo en tonos rojizos durante el atardecer, y más allá, hacia la densa maleza donde manantiales brotaban de la roca, regando juncos húmedos y dañinos. Sin embargo, durante mis errantes deambulares evité una zona del bosque; no fue sino hasta ayer que ascendí a la cima de una colina y me planté sobre la antigua calzada romana que atraviesa la cresta más alta del bosque. Por ese camino habían transitado ellas, Helen y Rachel, recorriendo la apacible calzada, pavimentada de hierba verde, enmarcada a ambos lados por bancos de tierra roja y custodiada por altos setos de hayas. Seguí sus huellas, mirando repetidamente a través de los espacios entre las ramas, observando a un lado la extensión del bosque, que se desplegaba hacia la derecha y la izquierda, y sumergiéndose en el valle. Más allá, se extendía el océano amarillo y la tierra lejana al otro lado del mar. Del otro lado se hallaban el valle y el río, interminables colinas ondulando, el bosquecillo, la pradera, los campos de maíz, las relucientes casas blancas, la imponente muralla montañosa, y los picos lejanos, azulados en el norte. Hasta que, finalmente, llegué al lugar. El camino se alzaba por una suave pendiente y se abría hacia un espacio abierto, rodeada por una densa muralla de maleza, para luego estrecharse de nuevo hasta perderse en la lejanía y en la tenue bruma azul del verano. En ese apacible claro estival, Rachel entró como niña y salió siendo qué sabe qué. No permanecí allí mucho tiempo.

En un pequeño pueblo cercano a Caermaen se encuentra un museo que alberga la mayor parte de los vestigios romanos hallados en la región a lo largo de diferentes épocas. Al día siguiente de mi llegada a Caermaen, me dirigí a dicho pueblo y aproveché para visitar el museo. Tras observar la mayoría de esculturas en piedra, los baúles, anillos, monedas y fragmentos de pavimento de tesela, me condujeron hacia un pequeño pilar rectangular de piedra blanca, recientemente descubierto en el mismo bosque del que he hablado, en ese claro abierto donde la calzada romana se ensancha. Junto al pilar se hallaba una inscripción de la que tomé nota; algunas letras habían sido borradas, pero estoy seguro de la veracidad de las que aún se conservan. La inscripción reza así:

*DEVOMNODENTi*
*FLAvIVSSENILISPOSSVit*
*PROPTERNVPtias*
*quaSVIDITSVBVMBra*

*Al gran dios Nodens (el Gran Dios de las Profundidades
o de los Abismos), Flavius Senilis erigió este pilar en
conmemoración del matrimonio que presenció
bajo esta sombra.*

El guardia del museo me comentó que los anticuarios locales estaban muy intrigados, no tanto por la inscripción o por la dificultad de traducirla, sino por el rito o circunstancia a la que alude.

***

Y ahora, mi estimado Clarke, respecto a lo que me has contado sobre Helen Vaughan, a quien dices haber visto morir en circunstancias de un horror inconcebible, debo admitir que tu relato despertó mi interés. Sin embargo, gran parte de lo que mencionaste ya lo conocía. Entiendo el extraño parecido que notaste entre el retrato y el propio rostro; tú observaste a la madre de Helen. Recuerda aquella apacible noche de verano, hace tantos años, cuando te hablé sobre el mundo más allá de las sombras y el dios Pan. Recuerda a Mary. Ella, la madre de Helen Vaughan, dio a luz nueve meses después de aquella noche. Mary jamás recobró la razón. Permaneció en cama, como tú la viste, y pocos días tras el parto, falleció. Tengo la impresión de que, justo al final, me reconoció; estaba a su lado cuando, por un breve instante, sus viejos ojos mostraron una mirada que se estremeció, gimió, y luego se apagó definitivamente. Aquella noche en la que estuviste presente, llevé a cabo un funesto acto: forcé la entrada a la casa de la vida, sin saber —o sin importarme realmente— lo que pudiera atravesarla o entrar por ella. Te recuerdo en ese momento diciéndome, de forma solemne y precisa, que había arruinado la cordura de un ser humano a causa de un ridículo experimento fundamentado en una teoría absurda. Hiciste bien en reprobarme, aunque mi teoría no era enteramente descabellada. Lo que afirmé que Mary vería se manifestó, solo que olvidé que ningún ojo humano puede presenciar tal visión sin pagar un precio. Y, como acabo de decir, olvidé que cuando se deja abierta la casa de la vida, puede irrumpir en ella aquello para lo cual no tenemos nombre, y la carne se convierte en un velo de horror que uno no se atrevería a describir. Jugué con energías que no comprendía; tú fuiste testigo de sus consecuencias. Helen Vaughan tomó la decisión de atarse la cuerda al cuello y morir, una medida que, aunque terrible, le evitó otro destino. La cara amoratada, la forma obscena que se proyectaba sobre la cama, cambiando ante tus ojos de mujer a hombre, de hombre a bestia, y de bestia a algo aún peor que las bestias —todos esos horrores que presenciaste no me sorprenden en lo absoluto. Aquello que presenció el doctor que enviaron a buscar y que le hizo estremecerse, yo ya lo conocía desde hacía tiempo; supe lo que había acontecido desde que la niña nació, y cuando apenas tenía cinco años, la sorprendí en repetidas ocasiones en compañía de un compañero de juegos... tú sabes a qué tipo me refiero. Para mí, eso era una constante, un horror encarnado, y tras unos años, ya no pude soportarlo más, por lo que ordené que Helen se alejara. Ahora sabes qué fue lo que horrorizó al niño en el bosque. El resto de esta espantosa historia —y todo lo demás que me has relatado que tu amigo descubrió— la he ido descubriendo poco a poco , hasta casi llegar al último capítulo. Y Helen, ahora, está junto a sus compañeros...

# THE GREAT GOD PAN

(1890)

# CONTENTS

# I. THE EXPERIMENT

"I am glad you came, Clarke; very glad indeed. I was not sure you could spare the time."

"I was able to make arrangements for a few days; things are not very lively just now. But have you no misgivings, Raymond? Is it absolutely safe?"

The two men were slowly pacing the terrace in front of Dr. Raymond's house. The sun still hung above the western mountain-line, but it shone with a dull red glow that cast no shadows, and all the air was quiet; a sweet breath came from the great wood on the hillside above, and with it, at intervals, the soft murmuring call of the wild doves. Below, in the long lovely valley, the river wound in and out between the lonely hills, and, as the sun hovered and vanished into the west, a faint mist, pure white, began to rise from the hills. Dr. Raymond turned sharply to his friend.

"Safe? Of course it is. In itself the operation is a perfectly simple one; any surgeon could do it."

"And there is no danger at any other stage?"

"None; absolutely no physical danger whatsoever, I give you my word. You are always timid, Clarke, always; but you know my history. I have devoted myself to transcendental medicine for the last twenty years. I have heard myself called quack and charlatan and impostor, but all the while I knew I was on the right path. Five years ago I reached the goal, and since then every day has been a preparation for what we shall do tonight."

"I should like to believe it is all true." Clarke knit his brows, and looked doubtfully at Dr. Raymond. "Are you perfectly sure, Raymond, that your theory is not a phantasmagoria—a splendid vision, certainly, but a mere vision after all?"

Dr. Raymond stopped in his walk and turned sharply. He was a middle-aged man, gaunt and thin, of a pale yellow complexion, but as he answered Clarke and faced him, there was a flush on his cheek.

"Look about you, Clarke. You see the mountain, and hill following after hill, as wave on wave, you see the woods and orchard, the fields of ripe corn, and the meadows reaching to the reed-beds by the river. You see me standing here beside you, and hear my voice; but I tell you that all these things—yes, from that star that has just shone out in the sky to the solid ground beneath our feet—I say that all these are but dreams and shadows; the shadows that hide the real world from our eyes. There is a real world, but it is beyond this glamour and this vision, beyond these 'chases in Arras, dreams in a career,' beyond them all as beyond a veil. I do not know whether any human being has ever lifted that veil; but I do know, Clarke, that you and I shall see it lifted this very night from before another's eyes. You may think this all strange nonsense; it may be strange, but it is true, and the ancients knew what lifting the veil means. They called it seeing the god Pan."

Clarke shivered; the white mist gathering over the river was chilly.

"It is wonderful indeed," he said. "We are standing on the brink of a strange world, Raymond, if what you say is true. I suppose the knife is absolutely necessary?"

"Yes; a slight lesion in the grey matter, that is all; a trifling rearrangement of certain cells, a microscopical alteration that would escape the attention of ninety-nine brain specialists out of a hundred. I don't want to bother you with 'shop,' Clarke; I might give you a mass of technical detail which would sound very imposing, and would leave you as enlightened as you are now. But I suppose you have read, casually, in out-of-the-way corners of your paper, that immense strides have been made recently in the physiology of the brain. I saw a paragraph the other day about Digby's theory, and Browne Faber's discoveries. Theories and discoveries! Where they are standing now, I stood fifteen years ago, and I need not tell you that I have not been standing still for the last fifteen years. It will be enough if I say that five years ago I made the discovery that I alluded to when I said that ten years ago I reached the goal. After years of labour, after years of toiling and groping in the dark, after days and nights of disappointments and sometimes of despair, in which I used now and then to tremble and grow cold with the thought that perhaps there were others seeking for what I sought, at last, after so long, a pang of sudden joy thrilled my soul, and I knew the long journey was at an end. By what seemed then and still seems a chance, the suggestion of a moment's idle thought followed up upon familiar lines and paths that I had tracked a hundred times already, the great truth burst upon me, and I saw, mapped out in lines of sight, a whole world, a sphere unknown; continents and islands, and great oceans in which no ship has sailed (to my belief) since a Man first lifted up his eyes and beheld the sun, and the stars of heaven, and the quiet earth beneath. You will think this all high-flown language, Clarke, but it is hard to be literal. And yet; I do not know whether what I am hinting at cannot be set forth in plain and lonely terms. For instance, this world of ours is pretty well girded now with the telegraph wires and cables; thought, with something less than the speed of thought, flashes from sunrise to sunset, from north to south, across the floods and the desert places. Suppose that an electrician of today were suddenly to perceive that he and his friends have merely been playing with pebbles and mistaking them for the foundations of the world; suppose that such a man saw uttermost space lie open before the current, and words of men flash forth to the sun and beyond the sun into the systems beyond, and the voice of articulate-speaking men echo in the waste void that bounds our thought. As analogies go, that is a pretty good analogy of what I have done; you can understand now a little of what I felt as I stood here one evening; it was a summer evening, and the valley looked much as it does now; I stood here, and saw before me the unutterable, the unthinkable gulf that yawns profound between two worlds, the world of matter and the world of spirit; I saw the great empty deep stretch dim before me, and in that instant a bridge of light leapt from the earth to the unknown shore, and the abyss was spanned. You may look in Browne Faber's book, if you like, and you will find that to the present day men of science are unable to account for the presence, or to specify the functions of a certain group of nerve-cells in the brain. That group is, as it were, land to let, a mere waste place for fanciful theories. I am not in the position of Browne Faber and the specialists, I am perfectly instructed as to the possible functions of those nerve-centers in the scheme of things. With a touch I can bring them into play, with a touch, I say, I can set free the current, with a touch I can complete the communication between this world of sense and—we shall be able to finish the sentence later on. Yes, the knife is necessary; but think what that knife will effect. It will level utterly the solid wall of sense, and probably, for the first time since man was made, a spirit will gaze on a spirit-world. Clarke, Mary will see the god Pan!"

"But you remember what you wrote to me? I thought it would be requisite that she—"

He whispered the rest into the doctor's ear.

"Not at all, not at all. That is nonsense. I assure you. Indeed, it is better as it is; I am quite certain of that."

"Consider the matter well, Raymond. It's a great responsibility. Something might go wrong; you would be a miserable man for the rest of your days."

"No, I think not, even if the worst happened. As you know, I rescued Mary from the gutter, and from almost certain starvation, when she was a child; I think her life is mine, to use as I see fit. Come, it's getting late; we had better go in."

Dr. Raymond led the way into the house, through the hall, and down a long dark passage. He took a key from his pocket and opened a heavy door, and motioned Clarke into his laboratory. It had once been a billiard-room, and was lighted by a glass dome in the centre of the ceiling, whence there still shone a sad grey light on the figure of the doctor as he lit a lamp with a heavy shade and placed it on a table in the middle of the room.

Clarke looked about him. Scarcely a foot of wall remained bare; there were shelves all around laden with bottles and phials of all shapes and colours, and at one end stood a little Chippendale book-case. Raymond pointed to this.

"You see that parchment Oswald Crollius? He was one of the first to show me the way, though I don't think he ever found it himself. That is a strange saying of his: 'In every grain of wheat there lies hidden the soul of a star.'"

There was not much furniture in the laboratory. The table in the centre, a stone slab with a drain in one corner, the two armchairs on which Raymond and Clarke were sitting; that was all, except an odd-looking chair at the furthest end of the room. Clarke looked at it, and raised his eyebrows.

"Yes, that is the chair," said Raymond. "We may as well place it in position." He got up and wheeled the chair to the light, and began raising and lowering it, letting down the seat, setting the back at various angles, and adjusting the foot-rest. It looked comfortable enough, and Clarke passed his hand over the soft green velvet, as the doctor manipulated the levers.

"Now, Clarke, make yourself quite comfortable. I have a couple hours' work before me; I was obliged to leave certain matters to the last."

Raymond went to the stone slab, and Clarke watched him drearily as he bent over a row of phials and lit the flame under the crucible. The doctor had a small hand-lamp, shaded as the larger one, on a ledge above his apparatus, and Clarke, who sat in the shadows, looked down at the great shadowy room, wondering at the bizarre effects of brilliant light and undefined darkness contrasting with one another. Soon he became conscious of an odd odour, at first the merest suggestion of odour, in the room, and as it grew more decided he felt surprised that he was not reminded of the chemist's shop or the surgery. Clarke found himself idly endeavouring to analyse the sensation, and half conscious, he began to think of a day, fifteen years ago, that he had spent roaming through the woods and meadows near his own home. It was a burning day at the beginning of August, the heat had dimmed the outlines of all things and all distances with a faint mist, and people who observed the thermometer spoke of an abnormal register, of a temperature that was almost tropical. Strangely that wonderful hot day of the fifties rose up again in Clarke's imagination; the sense of dazzling all-pervading sunlight seemed to blot out the shadows and the lights of the laboratory, and he felt again the heated air beating in gusts about his face, saw the shimmer rising from the turf, and heard the myriad murmur of the summer.

"I hope the smell doesn't annoy you, Clarke; there's nothing unwholesome about it. It may make you a bit sleepy, that's all."

Clarke heard the words quite distinctly, and knew that Raymond was speaking to him, but for the life of him he could not rouse himself from his lethargy. He could only think of the lonely walk he had taken fifteen years ago; it was his last look at the fields and woods he had known since he was a child, and now it all stood out in brilliant light, as a picture, before him. Above all there came to his nostrils the scent of summer, the smell of flowers mingled, and the odour of the woods, of cool shaded places, deep in the green depths, drawn forth by the sun's heat; and the scent of the good earth, lying as it were with arms stretched forth, and smiling lips, overpowered all. His fancies made him wander, as he had wandered long ago, from the fields into the wood, tracking a little path between the shining undergrowth of beech-trees; and the trickle of water dropping from the limestone rock sounded as a clear melody in the dream. Thoughts began to go astray and to mingle with other thoughts; the beech alley was transformed to a path between ilex-trees, and here and there a vine climbed from bough to bough, and sent up waving tendrils and drooped with purple grapes, and the sparse grey-green leaves of a wild olive-tree stood out against the dark shadows of the ilex. Clarke, in the deep folds of dream, was conscious that the path from his father's house had led him into an undiscovered country, and he was wondering at the strangeness of it all, when suddenly, in place of the hum and murmur of the summer, an infinite silence seemed to fall on all things, and the wood was hushed, and for a moment in time he stood face to face there with a presence, that was neither man nor beast, neither the living nor the dead, but all things mingled, the form of all things but devoid of all form. And in that moment, the sacrament of body and soul was dissolved, and a voice seemed to cry "Let us go hence," and then the darkness of darkness beyond the stars, the darkness of everlasting.

When Clarke woke up with a start he saw Raymond pouring a few drops of some oily fluid into a green phial, which he stoppered tightly.

"You have been dozing," he said; "the journey must have tired you out. It is done now. I am going to fetch Mary; I shall be back in ten minutes."

Clarke lay back in his chair and wondered. It seemed as if he had but passed from one dream into another. He half expected to see the walls of the laboratory melt and disappear, and to awake in London, shuddering at his own sleeping fancies. But at last the door opened, and the doctor returned, and behind him came a girl of about seventeen, dressed all in white. She was so beautiful that Clarke did not wonder at what the doctor had written to him. She was blushing now over face and neck and arms, but Raymond seemed unmoved.

"Mary," he said, "the time has come. You are quite free. Are you willing to trust yourself to me entirely?"

"Yes, dear."

"Do you hear that, Clarke? You are my witness. Here is the chair, Mary. It is quite easy. Just sit in it and lean back. Are you ready?"

"Yes, dear, quite ready. Give me a kiss before you begin."

The doctor stooped and kissed her mouth, kindly enough. "Now shut your eyes," he said. The girl closed her eyelids, as if she were tired, and longed for sleep, and Raymond placed the green phial to her nostrils. Her face grew white, whiter than her dress; she struggled faintly, and then with the feeling of submission strong within her, crossed her arms upon her breast as a little child about to say her prayers. The bright light of the lamp fell full upon her, and Clarke watched changes fleeting over her face as the changes of the hills when the summer clouds float across the sun. And then she lay all white and still, and the doctor turned up one of her eyelids. She was quite unconscious. Raymond pressed hard on one of the levers and the chair instantly sank back. Clarke saw him cutting away a circle, like a tonsure, from her hair, and the lamp was moved nearer. Raymond took a small glittering instrument from a little case, and Clarke turned away shudderingly. When he looked again the doctor was binding up the wound he had made.

"She will awake in five minutes." Raymond was still perfectly cool. "There is nothing more to be done; we can only wait."

The minutes passed slowly; they could hear a slow, heavy, ticking. There was an old clock in the passage. Clarke felt sick and faint; his knees shook beneath him, he could hardly stand.

Suddenly, as they watched, they heard a long-drawn sigh, and suddenly did the colour that had vanished return to the girl's cheeks, and suddenly her eyes opened. Clarke quailed before them. They shone with an awful light, looking far away, and a great wonder fell upon her face, and her hands stretched out as if to touch what was invisible; but in an instant the wonder faded, and gave place to the most awful terror. The muscles of her face were hideously convulsed, she shook from head to foot; the soul seemed struggling and shuddering within the house of flesh. It was a horrible sight, and Clarke rushed forward, as she fell shrieking to the floor.

Three days later Raymond took Clarke to Mary's bedside. She was lying wide-awake, rolling her head from side to side, and grinning vacantly.

"Yes," said the doctor, still quite cool, "it is a great pity; she is a hopeless idiot. However, it could not be helped; and, after all, she has seen the Great God Pan."

# II. Mr. Clarke's Memoirs

Mr. Clarke, the gentleman chosen by Dr. Raymond to witness the strange experiment of the god Pan, was a person in whose character caution and curiosity were oddly mingled; in his sober moments he thought of the unusual and eccentric with undisguised aversion, and yet, deep in his heart, there was a wide-eyed inquisitiveness with respect to all the more recondite and esoteric elements in the nature of men. The latter tendency had prevailed when he accepted Raymond's invitation, for though his considered judgment had always repudiated the doctor's theories as the wildest nonsense, yet he secretly hugged a belief in fantasy, and would have rejoiced to see that belief confirmed. The horrors that he witnessed in the dreary laboratory were to a certain extent salutary; he was conscious of being involved in an affair not altogether reputable, and for many years afterwards he clung bravely to the commonplace, and rejected all occasions of occult investigation. Indeed, on some homeopathic principle, he for some time attended the seances of distinguished mediums, hoping that the clumsy tricks of these gentlemen would make him altogether disgusted with mysticism of every kind, but the remedy, though caustic, was not efficacious. Clarke knew that he still pined for the unseen, and little by little, the old passion began to reassert itself, as the face of Mary, shuddering and convulsed with an unknown terror, faded slowly from his memory. Occupied all day in pursuits both serious and lucrative, the temptation to relax in the evening was too great, especially in the winter months, when the fire cast a warm glow over his snug bachelor apartment, and a bottle of some choice claret stood ready by his elbow. His dinner digested, he would make a brief pretence of reading the evening paper, but the mere catalogue of news soon palled upon him, and Clarke would find himself casting glances of warm desire in the direction of an old Japanese bureau, which stood at a pleasant distance from the hearth. Like a boy before a jam-closet, for a few minutes he would hover indecisive, but lust always prevailed, and Clarke ended by drawing up his chair, lighting a candle, and sitting down before the bureau. Its pigeon-holes and drawers teemed with documents on the most morbid subjects, and in the well reposed a large manuscript volume, in which he had painfully entered the gems of his collection. Clarke had a fine contempt for published literature; the most ghostly story ceased to interest him if it happened to be printed; his sole pleasure was in the reading, compiling, and rearranging what he called his "Memoirs to prove the Existence of the Devil," and engaged in this pursuit the evening seemed to fly and the night appeared too short.

On one particular evening, an ugly December night, black with fog, and raw with frost, Clarke hurried over his dinner, and scarcely deigned to observe his customary ritual of taking up the paper and laying it down again. He paced two or three times up and down the room, and opened the bureau, stood still a moment, and sat down. He leant back, absorbed in one of those dreams to which he was subject, and at length drew out his book, and opened it at the last entry. There were three or four pages densely covered with Clarke's round, set penmanship, and at the beginning he had written in a somewhat larger hand:

Singular Narrative told me by my Friend, Dr. Phillips. He assures me that all the facts related therein are strictly and wholly True, but refuses to give either the Surnames of the Persons Concerned, or the Place where these Extraordinary Events occurred.

Mr. Clarke began to read over the account for the tenth time, glancing now and then at the pencil notes he had made when it was told him by his friend. It was one of his humours to pride himself on a certain literary ability; he thought well of his style, and took pains in arranging the circumstances in dramatic order. He read the following story:

The persons concerned in this statement are Helen V., who, if she is still alive, must now be a woman of twenty-three, Rachel M., since deceased, who was a year younger than the above, and Trevor W., an imbecile, aged eighteen. These persons were at the period of the story inhabitants of a village on the borders of Wales, a place of some importance in the time of the Roman occupation, but now a scattered hamlet, of not more than five hundred souls. It is situated on rising ground, about six miles from the sea, and is sheltered by a large and picturesque forest.

Some eleven years ago, Helen V. came to the village under rather peculiar circumstances. It is understood that she, being an orphan, was adopted in her infancy by a distant relative, who brought her up in his own house until she was twelve years old. Thinking, however, that it would be better for the child to have playmates of her own age, he advertised in several local papers for a good home in a comfortable farmhouse for a girl of twelve, and this advertisement was answered by Mr. R., a well-to-do farmer in the above-mentioned village. His references proving satisfactory, the gentleman sent his adopted daughter to Mr. R., with a letter, in which he stipulated that the girl should have a room to herself, and stated that her guardians need be at no trouble in the matter of education, as she was already sufficiently educated for the position in life which she would occupy. In fact, Mr. R. was given to understand that the girl be allowed to find her own occupations and to spend her time almost as she liked. Mr. R. duly met her at the nearest station, a town seven miles away from his house, and seems to have remarked nothing extraordinary about the child except that she was reticent as to her former life and her adopted father. She was, however, of a very different type from the inhabitants of the village; her skin was a pale, clear olive, and her features were strongly marked, and of a somewhat foreign character. She appears to have settled down easily enough into farmhouse life, and became a favourite with the children, who sometimes went with her on her rambles in the forest, for this was her amusement. Mr. R. states that he has known her to go out by herself directly after their early breakfast, and not return till after dusk, and that, feeling uneasy at a young girl being out alone for so many hours, he communicated with her adopted father, who replied in a brief note that Helen must do as she chose. In the winter, when the forest paths are impassable, she spent most of her time in her bedroom, where she slept alone, according to the instructions of her relative. It was on one of these expeditions to the forest that the first of the singular incidents with which this girl is connected occurred, the date being about a year after her arrival at the village. The preceding winter had been remarkably severe, the snow drifting to a great depth, and the frost continuing for an unexampled period, and the summer following was as noteworthy for its extreme heat. On one of the very hottest days in this summer, Helen V. left the farmhouse for one of her long rambles in the forest, taking with her, as usual, some bread and meat for lunch. She was seen by some men in the fields making for the old Roman Road, a green causeway which traverses the highest part of the wood, and they were astonished to observe that the girl had taken off her hat, though the heat of the sun was already tropical. As it happened, a labourer, Joseph W. by name, was working in the forest near the Roman Road, and at twelve o'clock his little son, Trevor, brought the man his dinner of bread and cheese. After the meal, the boy, who was about seven years old at the time, left his father at work, and, as he said, went to look for flowers in the wood, and the man, who could hear him shouting with delight at his discoveries, felt no uneasiness. Suddenly, however, he was horrified at hearing the most dreadful screams, evidently the result of great terror, proceeding from the direction in which his son had gone, and he hastily threw down his tools and ran to see what had happened. Tracing his path by the sound, he met the little boy, who was running headlong, and was evidently terribly frightened, and on questioning him the man elicited that after picking a posy of flowers he felt tired, and lay down on the grass and fell asleep. He was suddenly awakened, as he stated, by a peculiar noise, a sort of singing he called it, and on peeping through the branches he saw Helen V. playing on the grass with a "strange naked man," who he seemed unable to describe more fully. He said he felt dreadfully frightened and ran away crying for his father. Joseph W. proceeded in the direction indicated by his son, and found Helen V. sitting on the grass in the middle of a glade or open space left by charcoal burners. He angrily charged her with frightening his little boy, but she entirely denied the accusation and laughed at the child's story of a "strange man," to which he himself did not attach much credence. Joseph W. came to the conclusion that the boy had woke up with a sudden fright, as children sometimes do, but Trevor persisted in his story, and continued in such evident distress that at last his father took him home, hoping that his mother would be able to soothe him. For many weeks, however, the boy gave his parents much anxiety; he became nervous and strange in his manner, refusing to leave the cottage by himself, and constantly alarming the household by waking in the night with cries of "The man in the wood! father! father!"

In course of time, however, the impression seemed to have worn off, and about three months later he accompanied his father to the home of a gentleman in the neighborhood, for whom Joseph W. occasionally did work. The man was shown into the study, and the little boy was left sitting in the hall, and a few minutes later, while the gentleman was giving W. his instructions, they were both horrified by a piercing shriek and the sound of a fall, and rushing out they found the child lying senseless on the floor, his face contorted with terror. The doctor was immediately summoned, and after some examination he pronounced the child to be suffering form a kind of fit, apparently produced by a sudden shock. The boy was taken to one of the bedrooms, and after some time recovered consciousness, but only to pass into a condition described by the medical man as one of violent hysteria. The doctor exhibited a strong sedative, and in the course of two hours pronounced him fit to walk home, but in passing through the hall the paroxysms of fright returned and with additional violence. The father perceived that the child was pointing at some object, and heard the old cry, "The man in the wood," and looking in the direction indicated saw a stone head of grotesque appearance, which had been built into the wall above one of the doors. It seems the owner of the house had recently made alterations in his premises, and on digging the foundations for some offices, the men had found a curious head, evidently of the Roman period, which had been placed in the manner described. The head is pronounced by the most experienced archaeologists of the district to be that of a faun or satyr.[*]

[* Dr. Phillips tells me that he has seen the head in question, and assures me that he has never received such a vivid presentment of intense evil.]

From whatever cause arising, this second shock seemed too severe for the boy Trevor, and at the present date he suffers from a weakness of intellect, which gives but little promise of amending. The matter caused a good deal of sensation at the time, and the girl Helen was closely questioned by Mr. R., but to no purpose, she steadfastly denying that she had frightened or in any way molested Trevor.

The second event with which this girl's name is connected took place about six years ago, and is of a still more extraordinary character.

At the beginning of the summer of 1882, Helen contracted a friendship of a peculiarly intimate character with Rachel M., the daughter of a prosperous farmer in the neighbourhood. This girl, who was a year younger than Helen, was considered by most people to be the prettier of the two, though Helen's features had to a great extent softened as she became older. The two girls, who were together on every available opportunity, presented a singular contrast, the one with her clear, olive skin and almost Italian appearance, and the other of the proverbial red and white of our rural districts. It must be stated that the payments made to Mr. R. for the maintenance of Helen were known in the village for their excessive liberality, and the impression was general that she would one day inherit a large sum of money from her relative. The parents of Rachel were therefore not averse from their daughter's friendship with the girl, and even encouraged the intimacy, though they now bitterly regret having done so. Helen still retained her extraordinary fondness for the forest, and on several occasions Rachel accompanied her, the two friends setting out early in the morning, and remaining in the wood until dusk. Once or twice after these excursions Mrs. M. thought her daughter's manner rather peculiar; she seemed languid and dreamy, and as it has been expressed, "different from herself," but these peculiarities seem to have been thought too trifling for remark. One evening, however, after Rachel had come home, her mother heard a noise which sounded like suppressed weeping in the girl's room, and on going in found her lying, half undressed, upon the bed, evidently in the greatest distress. As soon as she saw her mother, she exclaimed, "Ah, mother, mother, why did you let me go to the forest with Helen?" Mrs. M. was astonished at so strange a question, and proceeded to make inquiries. Rachel told her a wild story. She said—

Clarke closed the book with a snap, and turned his chair towards the fire. When his friend sat one evening in that very chair, and told his story, Clarke had interrupted him at a point a little subsequent to this, had cut short his words in a paroxysm of horror. "My God!" he had exclaimed, "think, think what you are saying. It is too incredible, too monstrous; such things can never be in this quiet world, where men and women live and die, and struggle, and conquer, or maybe fail, and fall down under sorrow, and grieve and suffer strange fortunes for many a year; but not this, Phillips, not such things as this. There must be some explanation, some way out of the terror. Why, man, if such a case were possible, our earth would be a nightmare."

But Phillips had told his story to the end, concluding:

"Her flight remains a mystery to this day; she vanished in broad sunlight; they saw her walking in a meadow, and a few moments later she was not there."

Clarke tried to conceive the thing again, as he sat by the fire, and again his mind shuddered and shrank back, appalled before the sight of such awful, unspeakable elements enthroned as it were, and triumphant in human flesh. Before him stretched the long dim vista of the green causeway in the forest, as his friend had described it; he saw the swaying leaves and the quivering shadows on the grass, he saw the sunlight and the flowers, and far away, far in the long distance, the two figures moved toward him. One was Rachel, but the other?

Clarke had tried his best to disbelieve it all, but at the end of the account, as he had written it in his book, he had placed the inscription:

*Et Diabolus incarnatus est. Et homo factus est.*

# III. THE CITY OF RESURRECTIONS

"Herbert! Good God! Is it possible?"

"Yes, my name's Herbert. I think I know your face, too, but I don't remember your name. My memory is very queer."

"Don't you recollect Villiers of Wadham?"

"So it is, so it is. I beg your pardon, Villiers, I didn't think I was begging of an old college friend. Good-night."

"My dear fellow, this haste is unnecessary. My rooms are close by, but we won't go there just yet. Suppose we walk up Shaftesbury Avenue a little way? But how in heaven's name have you come to this pass, Herbert?"

"It's a long story, Villiers, and a strange one too, but you can hear it if you like."

"Come on, then. Take my arm, you don't seem very strong."

The ill-assorted pair moved slowly up Rupert Street; the one in dirty, evil-looking rags, and the other attired in the regulation uniform of a man about town, trim, glossy, and eminently well-to-do. Villiers had emerged from his restaurant after an excellent dinner of many courses, assisted by an ingratiating little flask of Chianti, and, in that frame of mind which was with him almost chronic, had delayed a moment by the door, peering round in the dimly-lighted street in search of those mysterious incidents and persons with which the streets of London teem in every quarter and every hour. Villiers prided himself as a practised explorer of such obscure mazes and byways of London life, and in this unprofitable pursuit he displayed an assiduity which was worthy of more serious employment. Thus he stood by the lamp-post surveying the passers-by with undisguised curiosity, and with that gravity known only to the systematic diner, had just enunciated in his mind the formula: "London has been called the city of encounters; it is more than that, it is the city of Resurrections," when these reflections were suddenly interrupted by a piteous whine at his elbow, and a deplorable appeal for alms. He looked around in some irritation, and with a sudden shock found himself confronted with the embodied proof of his somewhat stilted fancies. There, close beside him, his face altered and disfigured by poverty and disgrace, his body barely covered by greasy ill-fitting rags, stood his old friend Charles Herbert, who had matriculated on the same day as himself, with whom he had been merry and wise for twelve revolving terms. Different occupations and varying interests had interrupted the friendship, and it was six years since Villiers had seen Herbert; and now he looked upon this wreck of a man with grief and dismay, mingled with a certain inquisitiveness as to what dreary chain of circumstances had dragged him down to such a doleful pass. Villiers felt together with compassion all the relish of the amateur in mysteries, and congratulated himself on his leisurely speculations outside the restaurant.

They walked on in silence for some time, and more than one passer-by stared in astonishment at the unaccustomed spectacle of a well-dressed man with an unmistakable beggar hanging on to his arm, and, observing this, Villiers led the way to an obscure street in Soho. Here he repeated his question.

"How on earth has it happened, Herbert? I always understood you would succeed to an excellent position in Dorsetshire. Did your father disinherit you? Surely not?"

"No, Villiers; I came into all the property at my poor father's death; he died a year after I left Oxford. He was a very good father to me, and I mourned his death sincerely enough. But you know what young men are; a few months later I came up to town and went a good deal into society. Of course I had excellent introductions, and I managed to enjoy myself very much in a harmless sort of way. I played a little, certainly, but never for heavy stakes, and the few bets I made on races brought me in money—only a few pounds, you know, but enough to pay for cigars and such petty pleasures. It was in my second season that the tide turned. Of course you have heard of my marriage?"

"No, I never heard anything about it."

"Yes, I married, Villiers. I met a girl, a girl of the most wonderful and most strange beauty, at the house of some people whom I knew. I cannot tell you her age; I never knew it, but, so far as I can guess, I should think she must have been about nineteen when I made her acquaintance. My friends had come to know her at Florence; she told them she was an orphan, the child of an English father and an Italian mother, and she charmed them as she charmed me. The first time I saw her was at an evening party. I was standing by the door talking to a friend, when suddenly above the hum and babble of conversation I heard a voice which seemed to thrill to my heart. She was singing an Italian song. I was introduced to her that evening, and in three months I married Helen. Villiers, that woman, if I can call her woman, corrupted my soul. The night of the wedding I found myself sitting in her bedroom in the hotel, listening to her talk. She was sitting up in bed, and I listened to her as she spoke in her beautiful voice, spoke of things which even now I would not dare whisper in the blackest night, though I stood in the midst of a wilderness. You, Villiers, you may think you know life, and London, and what goes on day and night in this dreadful city; for all I can say you may have heard the talk of the vilest, but I tell you you can have no conception of what I know, not in your most fantastic, hideous dreams can you have imaged forth the faintest shadow of what I have heard—and seen. Yes, seen. I have seen the incredible, such horrors that even I myself sometimes stop in the middle of the street and ask whether it is possible for a man to behold such things and live. In a year, Villiers, I was a ruined man, in body and soul—in body and soul."

"But your property, Herbert? You had land in Dorset."

"I sold it all; the fields and woods, the dear old house—everything."

"And the money?"

"She took it all from me."

"And then left you?"

"Yes; she disappeared one night. I don't know where she went, but I am sure if I saw her again it would kill me.

The rest of my story is of no interest; sordid misery, that is all. You may think, Villiers, that I have exaggerated and talked for effect; but I have not told you half. I could tell you certain things which would convince you, but you would never know a happy day again. You would pass the rest of your life, as I pass mine, a haunted man, a man who has seen hell."

Villiers took the unfortunate man to his rooms, and gave him a meal. Herbert could eat little, and scarcely touched the glass of wine set before him. He sat moody and silent by the fire, and seemed relieved when Villiers sent him away with a small present of money.

"By the way, Herbert," said Villiers, as they parted at the door, "what was your wife's name? You said Helen, I think? Helen what?"

"The name she passed under when I met her was Helen Vaughan, but what her real name was I can't say. I don't think she had a name. No, no, not in that sense. Only human beings have names, Villiers; I can't say anymore. Good-bye; yes, I will not fail to call if I see any way in which you can help me. Good-night."

The man went out into the bitter night, and Villiers returned to his fireside. There was something about Herbert which shocked him inexpressibly; not his poor rags nor the marks which poverty had set upon his face, but rather an indefinite terror which hung about him like a mist. He had acknowledged that he himself was not devoid of blame; the woman, he had avowed, had corrupted him body and soul, and Villiers felt that this man, once his friend, had been an actor in scenes evil beyond the power of words. His story needed no confirmation: he himself was the embodied proof of it. Villiers mused curiously over the story he had heard, and wondered whether he had heard both the first and the last of it. "No," he thought, "certainly not the last, probably only the beginning. A case like this is like a nest of Chinese boxes; you open one after the other and find a quainter workmanship in every box. Most likely poor Herbert is merely one of the outside boxes; there are stranger ones to follow."

Villiers could not take his mind away from Herbert and his story, which seemed to grow wilder as the night wore on. The fire seemed to burn low, and the chilly air of the morning crept into the room; Villiers got up with a glance over his shoulder, and, shivering slightly, went to bed.

A few days later he saw at his club a gentleman of his acquaintance, named Austin, who was famous for his intimate knowledge of London life, both in its tenebrous and luminous phases. Villiers, still full of his encounter in Soho and its consequences, thought Austin might possibly be able to shed some light on Herbert's history, and so after some casual talk he suddenly put the question:

"Do you happen to know anything of a man named Herbert—Charles Herbert?"

Austin turned round sharply and stared at Villiers with some astonishment.

"Charles Herbert? Weren't you in town three years ago? No; then you have not heard of the Paul Street case? It caused a good deal of sensation at the time."

"What was the case?"

"Well, a gentleman, a man of very good position, was found dead, stark dead, in the area of a certain house in Paul Street, off Tottenham Court Road. Of course the police did not make the discovery; if you happen to be sitting up all night and have a light in your window, the constable will ring the bell, but if you happen to be lying dead in somebody's area, you will be left alone. In this instance, as in many others, the alarm was raised by some kind of vagabond; I don't mean a common tramp, or a public-house loafer, but a gentleman, whose business or pleasure, or both, made him a spectator of the London streets at five o'clock in the morning. This individual was, as he said, 'going home,' it did not appear whence or whither, and had occasion to pass through Paul Street between four and five a.m. Something or other caught his eye at Number 20; he said, absurdly enough, that the house had the most unpleasant physiognomy he had ever observed, but, at any rate, he glanced down the area and was a good deal astonished to see a man lying on the stones, his limbs all huddled together, and his face turned up. Our gentleman thought his face looked peculiarly ghastly, and so set off at a run in search of the nearest policeman. The constable was at first inclined to treat the matter lightly, suspecting common drunkenness; however, he came, and after looking at the man's face, changed his tone, quickly enough. The early bird, who had picked up this fine worm, was sent off for a doctor, and the policeman rang and knocked at the door till a slatternly servant girl came down looking more than half asleep. The constable pointed out the contents of the area to the maid, who screamed loudly enough to wake up the street, but she knew nothing of the man; had never seen him at the house, and so forth. Meanwhile, the original discoverer had come back with a medical man, and the next thing was to get into the area. The gate was open, so the whole quartet stumped down the steps. The doctor hardly needed a moment's examination; he said the poor fellow had been dead for several hours, and it was then the case began to get interesting. The dead man had not been robbed, and in one of his pockets were papers identifying him as—well, as a man of good family and means, a favourite in society, and nobody's enemy, as far as could be known. I don't give his name, Villiers, because it has nothing to do with the story, and because it's no good raking up these affairs about the dead when there are no relations living. The next curious point was that the medical men couldn't agree as to how he met his death. There were some slight bruises on his shoulders, but they were so slight that it looked as if he had been pushed roughly out of the kitchen door, and not thrown over the railings from the street or even dragged down the steps. But there were positively no other marks of violence about him, certainly none that would account for his death; and when they came to the autopsy there wasn't a trace of poison of any kind. Of course the police wanted to know all about the people at Number 20, and here again, so I have heard from private sources, one or two other very curious points came out. It appears that the occupants of the house were a Mr. and Mrs. Charles Herbert; he was said to be a landed proprietor, though it struck most people that Paul Street was not exactly the place to look for country gentry. As for Mrs. Herbert, nobody seemed to know who or what she was, and, between ourselves, I fancy the divers after her history found themselves in rather strange waters. Of course they both denied knowing anything about the deceased, and in default of any evidence against them they were discharged. But some very odd things came out about them. Though it was between five and six in the morning when the dead man was removed, a large crowd had collected, and several of the neighbours ran to see what was going on. They were pretty free with their comments, by all accounts, and from these it appeared that Number 20 was in very bad odour in Paul Street. The detectives tried to trace down these rumours to some solid foundation of fact, but could not get hold of anything. People shook their heads and raised their eyebrows and thought the Herberts rather 'queer,' 'would rather not be seen going into their house,' and so on, but there was nothing tangible. The authorities were morally certain the man met his death in some way or another in the house and was thrown out by the kitchen door, but they couldn't prove it, and the absence of any indications of violence or poisoning left them helpless. An odd case, wasn't it? But curiously enough, there's something more that I haven't told you. I happened to know one of the doctors who was consulted as to the cause of death, and some time after the inquest I met him, and asked him about it. 'Do you really mean to tell me,' I said, 'that you were baffled by the case, that you actually don't know what the man died of?' 'Pardon me,' he replied, 'I know perfectly well what caused death. Blank died of fright, of sheer, awful terror; I never saw features so hideously contorted in the entire course of my practice, and I have seen the faces of a whole host of dead.' The doctor was usually a cool customer enough, and a certain vehemence in his manner struck me, but I couldn't get anything more out of him. I suppose the Treasury didn't see their way to prosecuting the Herberts for frightening a man to death; at any rate, nothing was done, and the case dropped out of men's minds. Do you happen to know anything of Herbert?"

"Well," replied Villiers, "he was an old college friend of mine."

"You don't say so? Have you ever seen his wife?"

"No, I haven't. I have lost sight of Herbert for many years."

"It's queer, isn't it, parting with a man at the college gate or at Paddington, seeing nothing of him for years, and then finding him pop up his head in such an odd place. But I should like to have seen Mrs. Herbert; people said extraordinary things about her."

"What sort of things?"

"Well, I hardly know how to tell you. Everyone who saw her at the police court said she was at once the most beautiful woman and the most repulsive they had ever set eyes on. I have spoken to a man who saw her, and I assure you he positively shuddered as he tried to describe the woman, but he couldn't tell why. She seems to have been a sort of enigma; and I expect if that one dead man could have told tales, he would have told some uncommonly queer ones. And there you are again in another puzzle; what could a respectable country gentleman like Mr. Blank (we'll call him that if you don't mind) want in such a very queer house as Number 20? It's altogether a very odd case, isn't it?"

"It is indeed, Austin; an extraordinary case. I didn't think, when I asked you about my old friend, I should strike on such strange metal. Well, I must be off; good-day."

Villiers went away, thinking of his own conceit of the Chinese boxes; here was quaint workmanship indeed.

# IV. The Discovery in Paul Street

A few months after Villiers' meeting with Herbert, Mr. Clarke was sitting, as usual, by his after-dinner hearth, resolutely guarding his fancies from wandering in the direction of the bureau. For more than a week he had succeeded in keeping away from the "Memoirs," and he cherished hopes of a complete self-reformation; but, in spite of his endeavours, he could not hush the wonder and the strange curiosity that the last case he had written down had excited within him. He had put the case, or rather the outline of it, conjecturally to a scientific friend, who shook his head, and thought Clarke getting queer, and on this particular evening Clarke was making an effort to rationalize the story, when a sudden knock at the door roused him from his meditations.

"Mr. Villiers to see you sir."

"Dear me, Villiers, it is very kind of you to look me up; I have not seen you for many months; I should think nearly a year. Come in, come in. And how are you, Villiers? Want any advice about investments?"

"No, thanks, I fancy everything I have in that way is pretty safe. No, Clarke, I have really come to consult you about a rather curious matter that has been brought under my notice of late. I am afraid you will think it all rather absurd when I tell my tale. I sometimes think so myself, and that's just why I made up my mind to come to you, as I know you're a practical man."

Mr. Villiers was ignorant of the "Memoirs to prove the Existence of the Devil."

"Well, Villiers, I shall be happy to give you my advice, to the best of my ability. What is the nature of the case?"

"It's an extraordinary thing altogether. You know my ways; I always keep my eyes open in the streets, and in my time I have chanced upon some queer customers, and queer cases too, but this, I think, beats all. I was coming out of a restaurant one nasty winter night about three months ago; I had had a capital dinner and a good bottle of Chianti, and I stood for a moment on the pavement, thinking what a mystery there is about London streets and the companies that pass along them. A bottle of red wine encourages these fancies, Clarke, and I dare say I should have thought a page of small type, but I was cut short by a beggar who had come behind me, and was making the usual appeals. Of course I looked round, and this beggar turned out to be what was left of an old friend of mine, a man named Herbert. I asked him how he had come to such a wretched pass, and he told me. We walked up and down one of those long and dark Soho streets, and there I listened to his story. He said he had married a beautiful girl, some years younger than himself, and, as he put it, she had corrupted him body and soul. He wouldn't go into details; he said he dare not, that what he had seen and heard haunted him by night and day, and when I looked in his face I knew he was speaking the truth. There was something about the man that made me shiver. I don't know why, but it was there. I gave him a little money and sent him away, and I assure you that when he was gone I gasped for breath. His presence seemed to chill one's blood."

"Isn't this all just a little fanciful, Villiers? I suppose the poor fellow had made an imprudent marriage, and, in plain English, gone to the bad."

"Well, listen to this." Villiers told Clarke the story he had heard from Austin.

"You see," he concluded, "there can be but little doubt that this Mr. Blank, whoever he was, died of sheer terror; he saw something so awful, so terrible, that it cut short his life. And what he saw, he most certainly saw in that house, which, somehow or other, had got a bad name in the neighbourhood. I had the curiosity to go and look at the place for myself. It's a saddening kind of street; the houses are old enough to be mean and dreary, but not old enough to be quaint. As far as I could see most of them are let in lodgings, furnished and unfurnished, and almost every door has three bells to it. Here and there the ground floors have been made into shops of the commonest kind; it's a dismal street in every way. I found Number 20 was to let, and I went to the agent's and got the key. Of course I should have heard nothing of the Herberts in that quarter, but I asked the man, fair and square, how long they had left the house and whether there had been other tenants in the meanwhile. He looked at me queerly for a minute, and told me the Herberts had left immediately after the unpleasantness, as he called it, and since then the house had been empty."

Mr. Villiers paused for a moment.

"I have always been rather fond of going over empty houses; there's a sort of fascination about the desolate empty rooms, with the nails sticking in the walls, and the dust thick upon the window-sills. But I didn't enjoy going over Number 20, Paul Street. I had hardly put my foot inside the passage when I noticed a queer, heavy feeling about the air of the house. Of course all empty houses are stuffy, and so forth, but this was something quite different; I can't describe it to you, but it seemed to stop the breath. I went into the front room and the back room, and the kitchens downstairs; they were all dirty and dusty enough, as you would expect, but there was something strange about them all. I couldn't define it to you, I only know I felt queer. It was one of the rooms on the first floor, though, that was the worst. It was a largish room, and once on a time the paper must have been cheerful enough, but when I saw it, paint, paper, and everything were most doleful. But the room was full of horror; I felt my teeth grinding as I put my hand on the door, and when I went in, I thought I should have fallen fainting to the floor. However, I pulled myself together, and stood against the end wall, wondering what on earth there could be about the room to make my limbs tremble, and my heart beat as if I were at the hour of death. In one corner there was a pile of newspapers littered on the floor, and I began looking at them; they were papers of three or four years ago, some of them half torn, and some crumpled as if they had been used for packing. I turned the whole pile over, and amongst them I found a curious drawing; I will show it to you presently. But I couldn't stay in the room; I felt it was overpowering me. I was thankful to come out, safe and sound, into the open air. People stared at me as I walked along the street, and one man said I was drunk. I was staggering about from one side of the pavement to the other, and it was as much as I could do to take the key back to the agent and get home. I was in bed for a week, suffering from what my doctor called nervous shock and exhaustion. One of those days I was reading the evening paper, and happened to notice a paragraph headed: 'Starved to Death.' It was the usual style of thing; a model lodging-house in Marylebone, a door locked for several days, and a dead man in his chair when they broke in. 'The deceased,' said the paragraph, 'was known as Charles Herbert, and is believed to have been once a prosperous country gentleman. His name was familiar to the public three years ago in connection with the mysterious death in Paul Street, Tottenham Court Road, the deceased being the tenant of the house Number 20, in the area of which a gentleman of good position was found dead under circumstances not devoid of suspicion.' A tragic ending, wasn't it? But after all, if what he told me were true, which I am sure it was, the man's life was all a tragedy, and a tragedy of a stranger sort than they put on the boards."

"And that is the story, is it?" said Clarke musingly.

"Yes, that is the story."

"Well, really, Villiers, I scarcely know what to say about it. There are, no doubt, circumstances in the case which seem peculiar, the finding of the dead man in the area of Herbert's house, for instance, and the extraordinary opinion of the physician as to the cause of death; but, after all, it is conceivable that the facts may be explained in a straightforward manner. As to your own sensations, when you went to see the house, I would suggest that they were due to a vivid imagination; you must have been brooding, in a semi-conscious way, over what you had heard. I don't exactly see what more can be said or done in the matter; you evidently think there is a mystery of some kind, but Herbert is dead; where then do you propose to look?"

"I propose to look for the woman; the woman whom he married. She is the mystery."

The two men sat silent by the fireside; Clarke secretly congratulating himself on having successfully kept up the character of advocate of the commonplace, and Villiers wrapped in his gloomy fancies.

"I think I will have a cigarette," he said at last, and put his hand in his pocket to feel for the cigarette-case.

"Ah!" he said, starting slightly, "I forgot I had something to show you. You remember my saying that I had found a rather curious sketch amongst the pile of old newspapers at the house in Paul Street? Here it is."

Villiers drew out a small thin parcel from his pocket. It was covered with brown paper, and secured with string, and the knots were troublesome. In spite of himself Clarke felt inquisitive; he bent forward on his chair as Villiers painfully undid the string, and unfolded the outer covering. Inside was a second wrapping of tissue, and

Villiers took it off and handed the small piece of paper to Clarke without a word.

There was dead silence in the room for five minutes or more; the two men sat so still that they could hear the ticking of the tall old-fashioned clock that stood outside in the hall, and in the mind of one of them the slow monotony of sound woke up a far, far memory. He was looking intently at the small pen-and-ink sketch of the woman's head; it had evidently been drawn with great care, and by a true artist, for the woman's soul looked out of the eyes, and the lips were parted with a strange smile. Clarke gazed still at the face; it brought to his memory one summer evening, long ago; he saw again the long lovely valley, the river winding between the hills, the meadows and the cornfields, the dull red sun, and the cold white mist rising from the water. He heard a voice speaking to him across the waves of many years, and saying "Clarke, Mary will see the god Pan!" and then he was standing in the grim room beside the doctor, listening to the heavy ticking of the clock, waiting and watching, watching the figure lying on the green chair beneath the lamplight. Mary rose up, and he looked into her eyes, and his heart grew cold within him.

"Who is this woman?" he said at last. His voice was dry and hoarse.

"That is the woman who Herbert married."

Clarke looked again at the sketch; it was not Mary after all. There certainly was Mary's face, but there was something else, something he had not seen on Mary's features when the white-clad girl entered the laboratory with the doctor, nor at her terrible awakening, nor when she lay grinning on the bed. Whatever it was, the glance that came from those eyes, the smile on the full lips, or the expression of the whole face, Clarke shuddered before it at his inmost soul, and thought, unconsciously, of Dr. Phillip's words, "the most vivid presentment of evil I have ever seen." He turned the paper over mechanically in his hand and glanced at the back.

"Good God! Clarke, what is the matter? You are as white as death."

Villiers had started wildly from his chair, as Clarke fell back with a groan, and let the paper drop from his hands.

"I don't feel very well, Villiers, I am subject to these attacks. Pour me out a little wine; thanks, that will do. I shall feel better in a few minutes."

Villiers picked up the fallen sketch and turned it over as Clarke had done.

"You saw that?" he said. "That's how I identified it as being a portrait of Herbert's wife, or I should say his widow. How do you feel now?"

"Better, thanks, it was only a passing faintness. I don't think I quite catch your meaning. What did you say enabled you to identify the picture?"

"This word—'Helen'—was written on the back. Didn't I tell you her name was Helen? Yes; Helen Vaughan."

Clarke groaned; there could be no shadow of doubt.

"Now, don't you agree with me," said Villiers, "that in the story I have told you to-night, and in the part this woman plays in it, there are some very strange points?"

"Yes, Villiers," Clarke muttered, "it is a strange story indeed; a strange story indeed. You must give me time to think it over; I may be able to help you or I may not. Must you be going now? Well, good-night, Villiers, good-night. Come and see me in the course of a week."

# V. The Letter of Advice

"Do you know, Austin," said Villiers, as the two friends were pacing sedately along Piccadilly one pleasant morning in May, "do you know I am convinced that what you told me about Paul Street and the Herberts is a mere episode in an extraordinary history? I may as well confess to you that when I asked you about Herbert a few months ago I had just seen him."

"You had seen him? Where?"

"He begged of me in the street one night. He was in the most pitiable plight, but I recognized the man, and I got him to tell me his history, or at least the outline of it. In brief, it amounted to this—he had been ruined by his wife."

"In what manner?"

"He would not tell me; he would only say that she had destroyed him, body and soul. The man is dead now."

"And what has become of his wife?"

"Ah, that's what I should like to know, and I mean to find her sooner or later. I know a man named Clarke, a dry fellow, in fact a man of business, but shrewd enough. You understand my meaning; not shrewd in the mere business sense of the word, but a man who really knows something about men and life. Well, I laid the case before him, and he was evidently impressed. He said it needed consideration, and asked me to come again in the course of a week. A few days later I received this extraordinary letter."

Austin took the envelope, drew out the letter, and read it curiously. It ran as follows:—

"MY DEAR VILLIERS,—I have thought over the matter on which you consulted me the other night, and my advice to you is this. Throw the portrait into the fire, blot out the story from your mind. Never give it another thought, Villiers, or you will be sorry. You will think, no doubt, that I am in possession of some secret information, and to a certain extent that is the case. But I only know a little; I am like a traveller who has peered over an abyss, and has drawn back in terror. What I know is strange enough and horrible enough, but beyond my knowledge there are depths and horrors more frightful still, more incredible than any tale told of winter nights about the fire. I have resolved, and nothing shall shake that resolve, to explore no whit farther, and if you value your happiness you will make the same determination.

"Come and see me by all means; but we will talk on more cheerful topics than this."

Austin folded the letter methodically, and returned it to Villiers.

"It is certainly an extraordinary letter," he said, "what does he mean by the portrait?"

"Ah! I forgot to tell you I have been to Paul Street and have made a discovery."

Villiers told his story as he had told it to Clarke, and Austin listened in silence. He seemed puzzled.

"How very curious that you should experience such an unpleasant sensation in that room!" he said at length.

"I hardly gather that it was a mere matter of the imagination; a feeling of repulsion, in short."

"No, it was more physical than mental. It was as if I were inhaling at every breath some deadly fume, which seemed to penetrate to every nerve and bone and sinew of my body. I felt racked from head to foot, my eyes began to grow dim; it was like the entrance of death."

"Yes, yes, very strange certainly. You see, your friend confesses that there is some very black story connected with this woman. Did you notice any particular emotion in him when you were telling your tale?"

"Yes, I did. He became very faint, but he assured me that it was a mere passing attack to which he was subject."

"Did you believe him?"

"I did at the time, but I don't now. He heard what I had to say with a good deal of indifference, till I showed him the portrait. It was then that he was seized with the attack of which I spoke. He looked ghastly, I assure you."

"Then he must have seen the woman before. But there might be another explanation; it might have been the name, and not the face, which was familiar to him. What do you think?"

"I couldn't say. To the best of my belief it was after turning the portrait in his hands that he nearly dropped from the chair. The name, you know, was written on the back."

"Quite so. After all, it is impossible to come to any resolution in a case like this. I hate melodrama, and nothing strikes me as more commonplace and tedious than the ordinary ghost story of commerce; but really, Villiers, it looks as if there were something very queer at the bottom of all this."

The two men had, without noticing it, turned up Ashley Street, leading northward from Piccadilly. It was a long street, and rather a gloomy one, but here and there a brighter taste had illuminated the dark houses with flowers, and gay curtains, and a cheerful paint on the doors. Villiers glanced up as Austin stopped speaking, and looked at one of these houses; geraniums, red and white, drooped from every sill, and daffodil-coloured curtains were draped back from each window.

"It looks cheerful, doesn't it?" he said.

"Yes, and the inside is still more cheery. One of the pleasantest houses of the season, so I have heard. I haven't been there myself, but I've met several men who have, and they tell me it's uncommonly jovial."

"Whose house is it?"

"A Mrs. Beaumont's."

"And who is she?"

"I couldn't tell you. I have heard she comes from South America, but after all, who she is is of little consequence. She is a very wealthy woman, there's no doubt of that, and some of the best people have taken her up. I hear she has some wonderful claret, really marvellous wine, which must have cost a fabulous sum. Lord Argentine was telling me about it; he was there last Sunday evening. He assures me he has never tasted such a wine, and Argentine, as you know, is an expert. By the way, that reminds me, she must be an oddish sort of woman, this Mrs. Beaumont. Argentine asked her how old the wine was, and what do you think she said? 'About a thousand years, I believe.' Lord Argentine thought she was chaffing him, you know, but when he laughed she said she was speaking quite seriously and offered to show him the jar. Of course, he couldn't say anything more after that; but it seems rather antiquated for a beverage, doesn't it? Why, here we are at my rooms. Come in, won't you?"

"Thanks, I think I will. I haven't seen the curiosity-shop for a while."

It was a room furnished richly, yet oddly, where every jar and bookcase and table, and every rug and jar and ornament seemed to be a thing apart, preserving each its own individuality.

"Anything fresh lately?" said Villiers after a while.

"No; I think not; you saw those queer jugs, didn't you? I thought so. I don't think I have come across anything for the last few weeks."

Austin glanced around the room from cupboard to cupboard, from shelf to shelf, in search of some new oddity. His eyes fell at last on an odd chest, pleasantly and quaintly carved, which stood in a dark corner of the room.

"Ah," he said, "I was forgetting, I have got something to show you." Austin unlocked the chest, drew out a thick quarto volume, laid it on the table, and resumed the cigar he had put down.

"Did you know Arthur Meyrick the painter, Villiers?"

"A little; I met him two or three times at the house of a friend of mine. What has become of him? I haven't heard his name mentioned for some time."

"He's dead."

"You don't say so! Quite young, wasn't he?"

"Yes; only thirty when he died."

"What did he die of?"

"I don't know. He was an intimate friend of mine, and a thoroughly good fellow. He used to come here and talk to me for hours, and he was one of the best talkers I have met. He could even talk about painting, and that's more than can be said of most painters. About eighteen months ago he was feeling rather overworked, and partly at my suggestion he went off on a sort of roving expedition, with no very definite end or aim about it. I believe New York was to be his first port, but I never heard from him. Three months ago I got this book, with a very civil letter from an English doctor practising at Buenos Ayres, stating that he had attended the late Mr. Meyrick during his illness, and that the deceased had expressed an earnest wish that the enclosed packet should be sent to me after his death. That was all."

"And haven't you written for further particulars?"

"I have been thinking of doing so. You would advise me to write to the doctor?"

"Certainly. And what about the book?"

"It was sealed up when I got it. I don't think the doctor had seen it."

"It is something very rare? Meyrick was a collector, perhaps?"

"No, I think not, hardly a collector. Now, what do you think of these Ainu jugs?"

"They are peculiar, but I like them. But aren't you going to show me poor Meyrick's legacy?"

"Yes, yes, to be sure. The fact is, it's rather a peculiar sort of thing, and I haven't shown it to any one. I wouldn't say anything about it if I were you. There it is."

Villiers took the book, and opened it at haphazard.

"It isn't a printed volume, then?" he said.

"No. It is a collection of drawings in black and white by my poor friend Meyrick."

Villiers turned to the first page, it was blank; the second bore a brief inscription, which he read:

Silet per diem universus, nec sine horrore secretus est; lucet nocturnis ignibus, chorus Ægipanum undique personatur: audiuntur et cantus tibiarum, et tinnitus cymbalorum per oram maritimam.

On the third page was a design which made Villiers start and look up at Austin; he was gazing abstractedly out of the window. Villiers turned page after page, absorbed, in spite of himself, in the frightful Walpurgis Night of evil, strange monstrous evil, that the dead artist had set forth in hard black and white. The figures of Fauns and Satyrs and Ægipans danced before his eyes, the darkness of the thicket, the dance on the mountain-top, the scenes by lonely shores, in green vineyards, by rocks and desert places, passed before him: a world before which the human soul seemed to shrink back and shudder. Villiers whirled over the remaining pages; he had seen enough, but the picture on the last leaf caught his eye, as he almost closed the book.

"Austin!"

"Well, what is it?"

"Do you know who that is?"

It was a woman's face, alone on the white page.

"Know who it is? No, of course not."

"I do."

"Who is it?"

"It is Mrs. Herbert."

"Are you sure?"

"I am perfectly sure of it. Poor Meyrick! He is one more chapter in her history."

"But what do you think of the designs?"

"They are frightful. Lock the book up again, Austin. If I were you I would burn it; it must be a terrible companion even though it be in a chest."

"Yes, they are singular drawings. But I wonder what connection there could be between Meyrick and Mrs. Herbert, or what link between her and these designs?"

"Ah, who can say? It is possible that the matter may end here, and we shall never know, but in my own opinion this Helen Vaughan, or Mrs. Herbert, is only the beginning. She will come back to London, Austin; depend on it, she will come back, and we shall hear more about her then. I doubt it will be very pleasant news."

# VI. The Suicides

Lord Argentine was a great favourite in London Society. At twenty he had been a poor man, decked with the surname of an illustrious family, but forced to earn a livelihood as best he could, and the most speculative of money-lenders would not have entrusted him with fifty pounds on the chance of his ever changing his name for a title, and his poverty for a great fortune. His father had been near enough to the fountain of good things to secure one of the family livings, but the son, even if he had taken orders, would scarcely have obtained so much as this, and moreover felt no vocation for the ecclesiastical estate. Thus he fronted the world with no better armour than the bachelor's gown and the wits of a younger son's grandson, with which equipment he contrived in some way to make a very tolerable fight of it. At twenty-five Mr. Charles Aubernon saw himself still a man of struggles and of warfare with the world, but out of the seven who stood before him and the high places of his family three only remained. These three, however, were "good lives," but yet not proof against the Zulu assegais and typhoid fever, and so one morning Aubernon woke up and found himself Lord Argentine, a man of thirty who had faced the difficulties of existence, and had conquered. The situation amused him immensely, and he resolved that riches should be as pleasant to him as poverty had always been. Argentine, after some little consideration, came to the conclusion that dining, regarded as a fine art, was perhaps the most amusing pursuit open to fallen humanity, and thus his dinners became famous in London, and an invitation to his table a thing covetously desired. After ten years of lordship and dinners Argentine still declined to be jaded, still persisted in enjoying life, and by a kind of infection had become recognized as the cause of joy in others, in short, as the best of company. His sudden and tragical death therefore caused a wide and deep sensation. People could scarcely believe it, even though the newspaper was before their eyes, and the cry of "Mysterious Death of a Nobleman" came ringing up from the street. But there stood the brief paragraph: "Lord Argentine was found dead this morning by his valet under distressing circumstances. It is stated that there can be no doubt that his lordship committed suicide, though no motive can be assigned for the act. The deceased nobleman was widely known in society, and much liked for his genial manner and sumptuous hospitality. He is succeeded by," etc., etc.

By slow degrees the details came to light, but the case still remained a mystery. The chief witness at the inquest was the deceased's valet, who said that the night before his death Lord Argentine had dined with a lady of good position, whose name was suppressed in the newspaper reports. At about eleven o'clock Lord Argentine had returned, and informed his man that he should not require his services till the next morning. A little later the valet had occasion to cross the hall and was somewhat astonished to see his master quietly letting himself out at the front door. He had taken off his evening clothes, and was dressed in a Norfolk coat and knickerbockers, and wore a low brown hat. The valet had no reason to suppose that Lord Argentine had seen him, and though his master rarely kept late hours, thought little of the occurrence till the next morning, when he knocked at the bedroom door at a quarter to nine as usual. He received no answer, and, after knocking two or three times, entered the room, and saw Lord Argentine's body leaning forward at an angle from the bottom of the bed. He found that his master had tied a cord securely to one of the short bed-posts, and, after making a running noose and slipping it round his neck, the unfortunate man must have resolutely fallen forward, to die by slow strangulation. He was dressed in the light suit in which the valet had seen him go out, and the doctor who was summoned pronounced that life had been extinct for more than four hours. All papers, letters, and so forth seemed in perfect order, and nothing was discovered which pointed in the most remote way to any scandal either great or small. Here the evidence ended; nothing more could be discovered. Several persons had been present at the dinner-party at which Lord Argentine had assisted, and to all these he seemed in his usual genial spirits. The valet, indeed, said he thought his master appeared a little excited when he came home, but confessed that the alteration in his manner was very slight, hardly noticeable, indeed. It seemed hopeless to seek for any clue, and the suggestion that Lord Argentine had been suddenly attacked by acute suicidal mania was generally accepted.

It was otherwise, however, when within three weeks, three more gentlemen, one of them a nobleman, and the two others men of good position and ample means, perished miserably in the almost precisely the same manner. Lord Swanleigh was found one morning in his dressing-room, hanging from a peg affixed to the wall, and Mr. Collier-Stuart and Mr. Herries had chosen to die as Lord Argentine. There was no explanation in either case; a few bald facts; a living man in the evening, and a body with a black swollen face in the morning. The police had been forced to confess themselves powerless to arrest or to explain the sordid murders of Whitechapel; but before the horrible suicides of Piccadilly and Mayfair they were dumbfoundered, for not even the mere ferocity which did duty as an explanation of the crimes of the East End, could be of service in the West. Each of these men who had resolved to die a tortured shameful death was rich, prosperous, and to all appearances in love with the world, and not the acutest research should ferret out any shadow of a lurking motive in either case. There was a horror in the air, and men looked at one another's faces when they met, each wondering whether the other was to be the victim of the fifth nameless tragedy. Journalists sought in vain for their scrapbooks for materials whereof to concoct reminiscent articles; and the morning paper was unfolded in many a house with a feeling of awe; no man knew when or where the next blow would light.

A short while after the last of these terrible events, Austin came to see Mr. Villiers. He was curious to know whether Villiers had succeeded in discovering any fresh traces of Mrs. Herbert, either through Clarke or by other sources, and he asked the question soon after he had sat down.

"No," said Villiers, "I wrote to Clarke, but he remains obdurate, and I have tried other channels, but without any result. I can't find out what became of Helen Vaughan after she left Paul Street, but I think she must have gone abroad. But to tell the truth, Austin, I haven't paid much attention to the matter for the last few weeks; I knew poor Herries intimately, and his terrible death has been a great shock to me, a great shock."

"I can well believe it," answered Austin gravely, "you know Argentine was a friend of mine. If I remember rightly, we were speaking of him that day you came to my rooms."

"Yes; it was in connection with that house in Ashley Street, Mrs. Beaumont's house. You said something about Argentine's dining there."

"Quite so. Of course you know it was there Argentine dined the night before—before his death."

"No, I had not heard that."

"Oh, yes; the name was kept out of the papers to spare Mrs. Beaumont. Argentine was a great favourite of hers, and it is said she was in a terrible state for sometime after."

A curious look came over Villiers' face; he seemed undecided whether to speak or not. Austin began again.

"I never experienced such a feeling of horror as when I read the account of Argentine's death. I didn't understand it at the time, and I don't now. I knew him well, and it completely passes my understanding for what possible cause he—or any of the others for the matter of that—could have resolved in cold blood to die in such an awful manner. You know how men babble away each other's characters in London, you may be sure any buried scandal or hidden skeleton would have been brought to light in such a case as this; but nothing of the sort has taken place. As for the theory of mania, that is very well, of course, for the coroner's jury, but everybody knows that it's all nonsense. Suicidal mania is not small-pox."

Austin relapsed into gloomy silence. Villiers sat silent, also, watching his friend. The expression of indecision still fleeted across his face; he seemed as if weighing his thoughts in the balance, and the considerations he was resolving left him still silent. Austin tried to shake off the remembrance of tragedies as hopeless and perplexed as the labyrinth of Daedalus, and began to talk in an indifferent voice of the more pleasant incidents and adventures of the season.

"That Mrs. Beaumont," he said, "of whom we were speaking, is a great success; she has taken London almost by storm. I met her the other night at Fulham's; she is really a remarkable woman."

"You have met Mrs. Beaumont?"

"Yes; she had quite a court around her. She would be called very handsome, I suppose, and yet there is something about her face which I didn't like. The features are exquisite, but the expression is strange. And all the time I was looking at her, and afterwards, when I was going home, I had a curious feeling that very expression was in some way or another familiar to me."

"You must have seen her in the Row."

"No, I am sure I never set eyes on the woman before; it is that which makes it puzzling. And to the best of my belief I have never seen anyone like her; what I felt was a kind of dim far-off memory, vague but persistent. The only sensation I can compare it to, is that odd feeling one sometimes has in a dream, when fantastic cities and wondrous lands and phantom personages appear familiar and accustomed."

Villiers nodded and glanced aimlessly round the room, possibly in search of something on which to turn the conversation. His eyes fell on an old chest somewhat like that in which the artist's strange legacy lay hid beneath a Gothic scutcheon.

"Have you written to the doctor about poor Meyrick?" he asked.

"Yes; I wrote asking for full particulars as to his illness and death. I don't expect to have an answer for another three weeks or a month. I thought I might as well inquire whether Meyrick knew an Englishwoman named Herbert, and if so, whether the doctor could give me any information about her. But it's very possible that Meyrick fell in with her at New York, or Mexico, or San Francisco; I have no idea as to the extent or direction of his travels."

"Yes, and it's very possible that the woman may have more than one name."

"Exactly. I wish I had thought of asking you to lend me the portrait of her which you possess. I might have enclosed it in my letter to Dr. Matthews."

"So you might; that never occurred to me. We might send it now. Hark! what are those boys calling?"

While the two men had been talking together a confused noise of shouting had been gradually growing louder. The noise rose from the eastward and swelled down Piccadilly, drawing nearer and nearer, a very torrent of sound; surging up streets usually quiet, and making every window a frame for a face, curious or excited. The cries and voices came echoing up the silent street where Villiers lived, growing more distinct as they advanced, and, as Villiers spoke, an answer rang up from the pavement:

"The West End Horrors; Another Awful Suicide; Full Details!"

Austin rushed down the stairs and bought a paper and read out the paragraph to Villiers as the uproar in the street rose and fell. The window was open and the air seemed full of noise and terror.

"Another gentleman has fallen a victim to the terrible epidemic of suicide which for the last month has prevailed in the West End. Mr. Sidney Crashaw, of Stoke House, Fulham, and King's Pomeroy, Devon, was found, after a prolonged search, hanging dead from the branch of a tree in his garden at one o'clock today. The deceased gentleman dined last night at the Carlton Club and seemed in his usual health and spirits. He left the club at about ten o'clock, and was seen walking leisurely up St. James's

Street a little later. Subsequent to this his movements cannot be traced. On the discovery of the body medical aid was at once summoned, but life had evidently been long extinct. So far as is known, Mr. Crashaw had no trouble or anxiety of any kind. This painful suicide, it will be remembered, is the fifth of the kind in the last month. The authorities at Scotland Yard are unable to suggest any explanation of these terrible occurrences."

Austin put down the paper in mute horror.

"I shall leave London to-morrow," he said, "it is a city of nightmares. How awful this is, Villiers!"

Mr. Villiers was sitting by the window quietly looking out into the street. He had listened to the newspaper report attentively, and the hint of indecision was no longer on his face.

"Wait a moment, Austin," he replied, "I have made up my mind to mention a little matter that occurred last night. It stated, I think, that Crashaw was last seen alive in St. James's Street shortly after ten?"

"Yes, I think so. I will look again. Yes, you are quite right."

"Quite so. Well, I am in a position to contradict that statement at all events. Crashaw was seen after that; considerably later indeed."

"How do you know?"

"Because I happened to see Crashaw myself at about two o'clock this morning."

"You saw Crashaw? You, Villiers?"

"Yes, I saw him quite distinctly; indeed, there were but a few feet between us."

"Where, in Heaven's name, did you see him?"

"Not far from here. I saw him in Ashley Street. He was just leaving a house."

"Did you notice what house it was?"

"Yes. It was Mrs. Beaumont's."

"Villiers! Think what you are saying; there must be some mistake. How could Crashaw be in Mrs. Beaumont's house at two o'clock in the morning? Surely, surely, you must have been dreaming, Villiers; you were always rather fanciful."

"No; I was wide awake enough. Even if I had been dreaming as you say, what I saw would have roused me effectually."

"What you saw? What did you see? Was there anything strange about Crashaw? But I can't believe it; it is impossible."

"Well, if you like I will tell you what I saw, or if you please, what I think I saw, and you can judge for yourself."

"Very good, Villiers."

The noise and clamour of the street had died away, though now and then the sound of shouting still came from the distance, and the dull, leaden silence seemed like the quiet after an earthquake or a storm. Villiers turned from the window and began speaking.

"I was at a house near Regent's Park last night, and when I came away the fancy took me to walk home instead of taking a hansom. It was a clear pleasant night enough, and after a few minutes I had the streets pretty much to myself. It's a curious thing, Austin, to be alone in London at night, the gas-lamps stretching away in perspective, and the dead silence, and then perhaps the rush and clatter of a hansom on the stones, and the fire starting up under the horse's hoofs. I walked along pretty briskly, for I was feeling a little tired of being out in the night, and as the clocks were striking two I turned down Ashley Street, which, you know, is on my way. It was quieter than ever there, and the lamps were fewer; altogether, it looked as dark and gloomy as a forest in winter. I had done about half the length of the street when I heard a door closed very softly, and naturally I looked up to see who was abroad like myself at such an hour. As it happens, there is a street lamp close to the house in question, and I saw a man standing on the step. He had just shut the door and his face was towards me, and I recognized Crashaw directly. I never knew him to speak to, but I had often seen him, and I am positive that I was not mistaken in my man. I looked into his face for a moment, and then—I will confess the truth—I set off at a good run, and kept it up till I was within my own door."

"Why?"

"Why? Because it made my blood run cold to see that man's face. I could never have supposed that such an infernal medley of passions could have glared out of any human eyes; I almost fainted as I looked. I knew I had looked into the eyes of a lost soul, Austin, the man's outward form remained, but all hell was within it. Furious lust, and hate that was like fire, and the loss of all hope and horror that seemed to shriek aloud to the night, though his teeth were shut; and the utter blackness of despair. I am sure that he did not see me; he saw nothing that you or I can see, but what he saw I hope we never shall. I do not know when he died; I suppose in an hour, or perhaps two, but when I passed down Ashley Street and heard the closing door, that man no longer belonged to this world; it was a devil's face I looked upon."

There was an interval of silence in the room when Villiers ceased speaking. The light was failing, and all the tumult of an hour ago was quite hushed. Austin had bent his head at the close of the story, and his hand covered his eyes.

"What can it mean?" he said at length.

"Who knows, Austin, who knows? It's a black business, but I think we had better keep it to ourselves, for the present at any rate. I will see if I cannot learn anything about that house through private channels of information, and if I do light upon anything I will let you know."

# VII. The Encounter in Soho

Three weeks later Austin received a note from Villiers, asking him to call either that afternoon or the next. He chose the nearer date, and found Villiers sitting as usual by the window, apparently lost in meditation on the drowsy traffic of the street. There was a bamboo table by his side, a fantastic thing, enriched with gilding and queer painted scenes, and on it lay a little pile of papers arranged and docketed as neatly as anything in Mr. Clarke's office.

"Well, Villiers, have you made any discoveries in the last three weeks?"

"I think so; I have here one or two memoranda which struck me as singular, and there is a statement to which I shall call your attention."

"And these documents relate to Mrs. Beaumont? It was really Crashaw whom you saw that night standing on the doorstep of the house in Ashley Street?"

"As to that matter my belief remains unchanged, but neither my inquiries nor their results have any special relation to Crashaw. But my investigations have had a strange issue. I have found out who Mrs. Beaumont is!"

"Who is she? In what way do you mean?"

"I mean that you and I know her better under another name."

"What name is that?"

"Herbert."

"Herbert!" Austin repeated the word, dazed with astonishment.

"Yes, Mrs. Herbert of Paul Street, Helen Vaughan of earlier adventures unknown to me. You had reason to recognize the expression of her face; when you go home look at the face in Meyrick's book of horrors, and you will know the sources of your recollection."

"And you have proof of this?"

"Yes, the best of proof; I have seen Mrs. Beaumont, or shall we say Mrs. Herbert?"

"Where did you see her?"

"Hardly in a place where you would expect to see a lady who lives in Ashley Street, Piccadilly. I saw her entering a house in one of the meanest and most disreputable streets in Soho. In fact, I had made an appointment, though not with her, and she was precise to both time and place."

"All this seems very wonderful, but I cannot call it incredible. You must remember, Villiers, that I have seen this woman, in the ordinary adventure of London society, talking and laughing, and sipping her coffee in a commonplace drawing-room with commonplace people. But you know what you are saying."

"I do; I have not allowed myself to be led by surmises or fancies. It was with no thought of finding Helen Vaughan that I searched for Mrs. Beaumont in the dark waters of the life of London, but such has been the issue."

"You must have been in strange places, Villiers."

"Yes, I have been in very strange places. It would have been useless, you know, to go to Ashley Street, and ask Mrs. Beaumont to give me a short sketch of her previous history. No; assuming, as I had to assume, that her record was not of the cleanest, it would be pretty certain that at some previous time she must have moved in circles not quite so refined as her present ones. If you see mud at the top of a stream, you may be sure that it was once at the bottom. I went to the bottom. I have always been fond of diving into Queer Street for my amusement, and I found my knowledge of that locality and its inhabitants very useful. It is, perhaps, needless to say that my friends had never heard the name of Beaumont, and as I had never seen the lady, and was quite unable to describe her, I had to set to work in an indirect way. The people there know me; I have been able to do some of them a service now and again, so they made no difficulty about giving their information; they were aware I had no communication direct or indirect with Scotland Yard. I had to cast out a good many lines, though, before I got what I wanted, and when I landed the fish I did not for a moment suppose it was my fish. But I listened to what I was told out of a constitutional liking for useless information, and I found myself in possession of a very curious story, though, as I imagined, not the story I was looking for. It was to this effect. Some five or six years ago, a woman named Raymond suddenly made her appearance in the neighbourhood to which I am referring. She was described to me as being quite young, probably not more than seventeen or eighteen, very handsome, and looking as if she came from the country. I should be wrong in saying that she found her level in going to this particular quarter, or associating with these people, for from what I was told,

I should think the worst den in London far too good for her. The person from whom I got my information, as you may suppose, no great Puritan, shuddered and grew sick in telling me of the nameless infamies which were laid to her charge. After living there for a year, or perhaps a little more, she disappeared as suddenly as she came, and they saw nothing of her till about the time of the Paul Street case. At first she came to her old haunts only occasionally, then more frequently, and finally took up her abode there as before, and remained for six or eight months. It's of no use my going into details as to the life that woman led; if you want particulars you can look at Meyrick's legacy. Those designs were not drawn from his imagination. She again disappeared, and the people of the place saw nothing of her till a few months ago. My informant told me that she had taken some rooms in a house which he pointed out, and these rooms she was in the habit of visiting two or three times a week and always at ten in the morning. I was led to expect that one of these visits would be paid on a certain day about a week ago, and I accordingly managed to be on the look-out in company with my cicerone at a quarter to ten, and the hour and the lady came with equal punctuality. My friend and I were standing under an archway, a little way back from the street, but she saw us, and gave me a glance that I shall be long in forgetting. That look was quite enough for me; I knew Miss Raymond to be Mrs. Herbert; as for Mrs. Beaumont she had quite gone out of my head. She went into the house, and I watched it till four o'clock, when she came out, and then I followed her. It was a long chase, and I had to be very careful to keep a long way in the background, and yet not lose sight of the woman. She took me down to the Strand, and then to Westminster, and then up St. James's Street, and along Piccadilly. I felt queerish when I saw her turn up Ashley Street; the thought that Mrs. Herbert was Mrs. Beaumont came into my mind, but it seemed too impossible to be true. I waited at the corner, keeping my eye on her all the time, and I took particular care to note the house at which she stopped. It was the house with the gay curtains, the home of flowers, the house out of which Crashaw came the night he hanged himself in his garden. I was just going away with my discovery, when I saw an empty carriage come round and draw up in front of the house, and I came to the conclusion that Mrs. Herbert was going out for a drive, and I was right. There, as it happened, I met a man I know, and we stood talking together a little distance from the carriage-way, to which I had my back. We had not been there for ten minutes when my friend took off his hat, and I glanced round and saw the lady I had been following all day. 'Who is that?' I said, and his answer was 'Mrs. Beaumont; lives in Ashley Street.' Of course there could be no doubt after that. I don't know whether she saw me, but I don't think she did. I went home at once, and, on consideration, I thought that I had a sufficiently good case with which to go to Clarke."

"Why to Clarke?"

"Because I am sure that Clarke is in possession of facts about this woman, facts of which I know nothing."

"Well, what then?"

Mr. Villiers leaned back in his chair and looked reflectively at Austin for a moment before he answered:

"My idea was that Clarke and I should call on Mrs. Beaumont."

"You would never go into such a house as that? No, no, Villiers, you cannot do it. Besides, consider; what result..."

"I will tell you soon. But I was going to say that my information does not end here; it has been completed in an extraordinary manner.

"Look at this neat little packet of manuscript; it is paginated, you see, and I have indulged in the civil coquetry of a ribbon of red tape. It has almost a legal air, hasn't it? Run your eye over it, Austin. It is an account of the entertainment Mrs. Beaumont provided for her choicer guests. The man who wrote this escaped with his life, but I do not think he will live many years. The doctors tell him he must have sustained some severe shock to the nerves."

Austin took the manuscript, but never read it. Opening the neat pages at haphazard his eye was caught by a word and a phrase that followed it; and, sick at heart, with white lips and a cold sweat pouring like water from his temples, he flung the paper down.

"Take it away, Villiers, never speak of this again. Are you made of stone, man? Why, the dread and horror of death itself, the thoughts of the man who stands in the keen morning air on the black platform, bound, the bell tolling in his ears, and waits for the harsh rattle of the bolt, are as nothing compared to this. I will not read it; I should never sleep again."

"Very good. I can fancy what you saw. Yes; it is horrible enough; but after all, it is an old story, an old mystery played in our day, and in dim London streets instead of amidst the vineyards and the olive gardens. We know what happened to those who chanced to meet the Great God Pan, and those who are wise know that all symbols are symbols of something, not of nothing. It was, indeed, an exquisite symbol beneath which men long ago veiled their knowledge of the most awful, most secret forces which lie at the heart of all things; forces before which the souls of men must wither and die and blacken, as their bodies blacken under the electric current. Such forces cannot be named, cannot be spoken, cannot be imagined except under a veil and a symbol, a symbol to the most of us appearing a quaint, poetic fancy, to some a foolish tale. But you and I, at all events, have known something of the terror that may dwell in the secret place of life, manifested under human flesh; that which is without form taking to itself a form. Oh, Austin, how can it be? How is it that the very sunlight does not turn to blackness before this thing, the hard earth melt and boil beneath such a burden?"

Villiers was pacing up and down the room, and the beads of sweat stood out on his forehead. Austin sat silent for a while, but Villiers saw him make a sign upon his breast.

"I say again, Villiers, you will surely never enter such a house as that? You would never pass out alive."

"Yes, Austin, I shall go out alive—I, and Clarke with me."

"What do you mean? You cannot, you would not dare…"

"Wait a moment. The air was very pleasant and fresh this morning; there was a breeze blowing, even through this dull street, and I thought I would take a walk. Piccadilly stretched before me a clear, bright vista, and the sun flashed on the carriages and on the quivering leaves in the park. It was a joyous morning, and men and women looked at the sky and smiled as they went about their work or their pleasure, and the wind blew as blithely as upon the meadows and the scented gorse. But somehow or other I got out of the bustle and the gaiety, and found myself walking slowly along a quiet, dull street, where there seemed to be no sunshine and no air, and where the few foot-passengers loitered as they walked, and hung indecisively about corners and archways. I walked along, hardly knowing where I was going or what I did there, but feeling impelled, as one sometimes is, to explore still further, with a vague idea of reaching some unknown goal. Thus I forged up the street, noting the small traffic of the milk-shop, and wondering at the incongruous medley of penny pipes, black tobacco, sweets, newspapers, and comic songs which here and there jostled one another in the short compass of a single window. I think it was a cold shudder that suddenly passed through me that first told me that I had found what I wanted. I looked up from the pavement and stopped before a dusty shop, above which the lettering had faded, where the red bricks of two hundred years ago had grimed to black; where the windows had gathered to themselves the dust of winters innumerable. I saw what I required; but I think it was five minutes before I had steadied myself and could walk in and ask for it in a cool voice and with a calm face. I think there must even then have been a tremor in my words, for the old man who came out of the back parlour, and fumbled slowly amongst his goods, looked oddly at me as he tied the parcel. I paid what he asked, and stood leaning by the counter, with a strange reluctance to take up my goods and go. I asked about the business, and learnt that trade was bad and the profits cut down sadly; but then the street was not what it was before traffic had been diverted, but that was done forty years ago, 'just before my father died,' he said. I got away at last, and walked along sharply; it was a dismal street indeed, and I was glad to return to the bustle and the noise. Would you like to see my purchase?"

Austin said nothing, but nodded his head slightly; he still looked white and sick. Villiers pulled out a drawer in the bamboo table, and showed Austin a long coil of cord, hard and new; and at one end was a running noose.

"It is the best hempen cord," said Villiers, "just as it used to be made for the old trade, the man told me. Not an inch of jute from end to end."

Austin set his teeth hard, and stared at Villiers, growing whiter as he looked.

"You would not do it," he murmured at last. "You would not have blood on your hands. My God!" he exclaimed, with sudden vehemence, "you cannot mean this, Villiers, that you will make yourself a hangman?"

"No. I shall offer a choice, and leave Helen Vaughan alone with this cord in a locked room for fifteen minutes. If when we go in it is not done, I shall call the nearest policeman. That is all."

"I must go now. I cannot stay here any longer; I cannot bear this. Good-night."

"Good-night, Austin."

The door shut, but in a moment it was open again, and Austin stood, white and ghastly, in the entrance.

"I was forgetting," he said, "that I too have something to tell. I have received a letter from Dr. Harding of Buenos Ayres. He says that he attended Meyrick for three weeks before his death."

"And does he say what carried him off in the prime of life? It was not fever?"

"No, it was not fever. According to the doctor, it was an utter collapse of the whole system, probably caused by some severe shock. But he states that the patient would tell him nothing, and that he was consequently at some disadvantage in treating the case."

"Is there anything more?"

"Yes. Dr. Harding ends his letter by saying: 'I think this is all the information I can give you about your poor friend. He had not been long in Buenos Ayres, and knew scarcely any one, with the exception of a person who did not bear the best of characters, and has since left—a Mrs. Vaughan.'"

# VIII. The Fragments

[Amongst the papers of the well-known physician, Dr. Robert Matheson, of Ashley Street, Piccadilly, who died suddenly, of apoplectic seizure, at the beginning of 1892, a leaf of manuscript paper was found, covered with pencil jottings. These notes were in Latin, much abbreviated, and had evidently been made in great haste. The MS. was only deciphered with difficulty, and some words have up to the present time evaded all the efforts of the expert employed. The date, "XXV Jul. 1888," is written on the right-hand corner of the MS. The following is a translation of Dr. Matheson's manuscript.]

"Whether science would benefit by these brief notes if they could be published, I do not know, but rather doubt. But certainly I shall never take the responsibility of publishing or divulging one word of what is here written, not only on account of my oath given freely to those two persons who were present, but also because the details are too abominable. It is probably that, upon mature consideration, and after weighting the good and evil, I shall one day destroy this paper, or at least leave it under seal to my friend D., trusting in his discretion, to use it or to burn it, as he may think fit.

"As was befitting, I did all that my knowledge suggested to make sure that I was suffering under no delusion. At first astounded, I could hardly think, but in a minute's time I was sure that my pulse was steady and regular, and that I was in my real and true senses. I then fixed my eyes quietly on what was before me.

"Though horror and revolting nausea rose up within me, and an odour of corruption choked my breath, I remained firm. I was then privileged or accursed, I dare not say which, to see that which was on the bed, lying there black like ink, transformed before my eyes. The skin, and the flesh, and the muscles, and the bones, and the firm structure of the human body that I had thought to be unchangeable, and permanent as adamant, began to melt and dissolve.

"I know that the body may be separated into its elements by external agencies, but I should have refused to believe what I saw. For here there was some internal force, of which I knew nothing, that caused dissolution and change.

"Here too was all the work by which man had been made repeated before my eyes. I saw the form waver from sex to sex, dividing itself from itself, and then again reunited. Then I saw the body descend to the beasts whence it ascended, and that which was on the heights go down to the depths, even to the abyss of all being. The principle of life, which makes organism, always remained, while the outward form changed.

"The light within the room had turned to blackness, not the darkness of night, in which objects are seen dimly, for I could see clearly and without difficulty. But it was the negation of light; objects were presented to my eyes, if I may say so, without any medium, in such a manner that if there had been a prism in the room I should have seen no colours represented in it.

"I watched, and at last I saw nothing but a substance as jelly. Then the ladder was ascended again... [here the MS. is illegible] ...for one instance I saw a Form, shaped in dimness before me, which I will not farther describe. But the symbol of this form may be seen in ancient sculptures, and in paintings which survived beneath the lava, too foul to be spoken of... as a horrible and unspeakable shape, neither man nor beast, was changed into human form, there came finally death.

"I who saw all this, not without great horror and loathing of soul, here write my name, declaring all that I have set on this paper to be true.

"ROBERT MATHESON, Med. Dr."


...Such, Raymond, is the story of what I know and what I have seen. The burden of it was too heavy for me to bear alone, and yet I could tell it to none but you. Villiers, who was with me at the last, knows nothing of that awful secret of the wood, of how what we both saw die, lay upon the smooth, sweet turf amidst the summer flowers, half in sun and half in shadow, and holding the girl Rachel's hand, called and summoned those companions, and shaped in solid form, upon the earth we tread upon, the horror which we can but hint at, which we can only name under a figure. I would not tell Villiers of this, nor of that resemblance, which struck me as with a blow upon my heart, when I saw the portrait, which filled the cup of terror at the end. What this can mean I dare not guess. I know that what I saw perish was not Mary, and yet in the last agony Mary's eyes looked into mine. Whether there can be any one who can show the last link in this chain of awful mystery, I do not know, but if there be any one who can do this, you, Raymond, are the man. And if you know the secret, it rests with you to tell it or not, as you please.

I am writing this letter to you immediately on my getting back to town. I have been in the country for the last few days; perhaps you may be able to guess in which part. While the horror and wonder of London was at its height—for "Mrs. Beaumont," as I have told you, was well known in society—I wrote to my friend Dr. Phillips, giving some brief outline, or rather hint, of what happened, and asking him to tell me the name of the village where the events he had related to me occurred. He gave me the name, as he said with the less hesitation, because Rachel's father and mother were dead, and the rest of the family had gone to a relative in the State of Washington six months before. The parents, he said, had undoubtedly died of grief and horror caused by the terrible death of their daughter, and by what had gone before that death. On the evening of the day which I received Phillips' letter I was at Caermaen, and standing beneath the mouldering Roman walls, white with the winters of seventeen hundred years, I looked over the meadow where once had stood the older temple of the "God of the Deeps," and saw a house gleaming in the sunlight. It was the house where Helen had lived. I stayed at Caermaen for several days. The people of the place,

I found, knew little and had guessed less. Those whom I spoke to on the matter seemed surprised that an antiquarian (as I professed myself to be) should trouble about a village tragedy, of which they gave a very commonplace version, and, as you may imagine, I told nothing of what I knew. Most of my time was spent in the great wood that rises just above the village and climbs the hillside, and goes down to the river in the valley; such another long lovely valley, Raymond, as that on which we looked one summer night, walking to and fro before your house. For many an hour I strayed through the maze of the forest, turning now to right and now to left, pacing slowly down long alleys of undergrowth, shadowy and chill, even under the midday sun, and halting beneath great oaks; lying on the short turf of a clearing where the faint sweet scent of wild roses came to me on the wind and mixed with the heavy perfume of the elder, whose mingled odour is like the odour of the room of the dead, a vapour of incense and corruption. I stood at the edges of the wood, gazing at all the pomp and procession of the foxgloves towering amidst the bracken and shining red in the broad sunshine, and beyond them into deep thickets of close undergrowth where springs boil up from the rock and nourish the water-weeds, dank and evil. But in all my wanderings I avoided one part of the wood; it was not till yesterday that I climbed to the summit of the hill, and stood upon the ancient Roman road that threads the highest ridge of the wood. Here they had walked, Helen and Rachel, along this quiet causeway, upon the pavement of green turf, shut in on either side by high banks of red earth, and tall hedges of shining beech, and here I followed in their steps, looking out, now and again, through partings in the boughs, and seeing on one side the sweep of the wood stretching far to right and left, and sinking into the broad level, and beyond, the yellow sea, and the land over the sea. On the other side was the valley and the river and hill following hill as wave on wave, and wood and meadow, and cornfield, and white houses gleaming, and a great wall of mountain, and far blue peaks in the north. And so at last I came to the place. The track went up a gentle slope, and widened out into an open space with a wall of thick undergrowth around it, and then, narrowing again, passed on into the distance and the faint blue mist of summer heat. And into this pleasant summer glade Rachel passed a girl, and left it, who shall say what? I did not stay long there.

In a small town near Caermaen there is a museum, containing for the most part Roman remains which have been found in the neighbourhood at various times. On the day after my arrival in Caermaen I walked over to the town in question, and took the opportunity of inspecting the museum. After I had seen most of the sculptured stones, the coffins, rings, coins, and fragments of tessellated pavement which the place contains, I was shown a small square pillar of white stone, which had been recently discovered in the wood of which I have been speaking, and, as I found on inquiry, in that open space where the Roman road broadens out. On one side of the pillar was an inscription, of which

I took a note. Some of the letters have been defaced, but I do not think there can be any doubt as to those which I supply. The inscription is as follows:

DEVOMNODENTi
FLAvIVSSENILISPOSSVit
PROPTERNVPtias
quaSVIDITSVBVMBra

"To the great god Nodens (the god of the Great Deep or Abyss) Flavius Senilis has erected this pillar on account of the marriage which he saw beneath the shade."

The custodian of the museum informed me that local antiquaries were much puzzled, not by the inscription, or by any difficulty in translating it, but as to the circumstance or rite to which allusion is made.

...And now, my dear Clarke, as to what you tell me about Helen Vaughan, whom you say you saw die under circumstances of the utmost and almost incredible horror. I was interested in your account, but a good deal, nay all, of what you told me I knew already. I can understand the strange likeness you remarked in both the portrait and in the actual face; you have seen Helen's mother. You remember that still summer night so many years ago, when I talked to you of the world beyond the shadows, and of the god Pan. You remember Mary. She was the mother of Helen Vaughan, who was born nine months after that night.

Mary never recovered her reason. She lay, as you saw her, all the while upon her bed, and a few days after the child was born she died. I fancy that just at the last she knew me; I was standing by the bed, and the old look came into her eyes for a second, and then she shuddered and groaned and died. It was an ill work I did that night when you were present; I broke open the door of the house of life, without knowing or caring what might pass forth or enter in. I recollect your telling me at the time, sharply enough, and rightly too, in one sense, that I had ruined the reason of a human being by a foolish experiment, based on an absurd theory. You did well to blame me, but my theory was not all absurdity. What I said Mary would see she saw, but I forgot that no human eyes can look on such a sight with impunity. And I forgot, as I have just said, that when the house of life is thus thrown open, there may enter in that for which we have no name, and human flesh may become the veil of a horror one dare not express. I played with energies which I did not understand, you have seen the ending of it. Helen Vaughan did well to bind the cord about her neck and die, though the death was horrible. The blackened face, the hideous form upon the bed, changing and melting before your eyes from woman to man, from man to beast, and from beast to worse than beast, all the strange horror that you witness, surprises me but little. What you say the doctor whom you sent for saw and shuddered at I noticed long ago; I knew what I had done the moment the child was born, and when it was scarcely five years old I surprised it, not once or twice but several times with a playmate, you may guess of what kind. It was for me a constant, an incarnate horror, and after a few years I felt I could bear it no more, and I sent Helen Vaughan away. You know now what frightened the boy in the wood. The rest of the strange story, and all else that you tell me, as discovered by your friend, I have contrived to learn from time to time, almost to the last chapter. And now Helen is with her companions...

THE END

NOTE.—Helen Vaughan was born on August 5th, 1865, at the Red House, Breconshire, and died on July 25th, 1888, in her house in a street off Piccadilly, called Ashley Street in the story.